LA MALEDETTA

RACHEL CORENBLIT

LA MALEDETTA

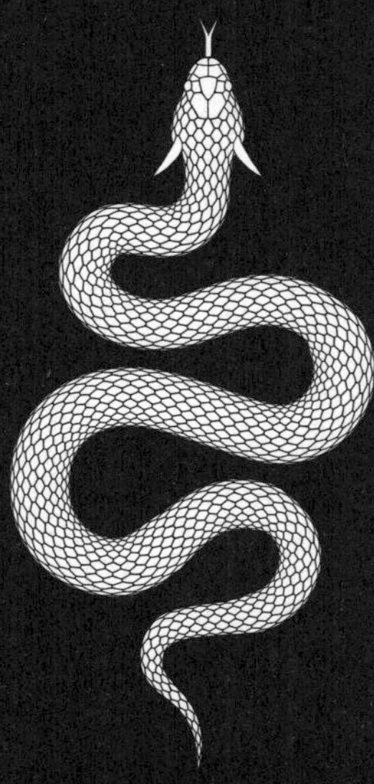

Nathan

92, avenue de France, 75013 Paris
Loi n° 49-956 du 16 juillet 1949 sur les publications
destinées à la jeunesse, modifiée par la loi n° 2011-525 de 17 mai 2011.

ISBN : 978-2-09-249170-6
Dépôt légal : mai 2021

1. APPRIVOISER SES FANTÔMES

Un pont de pierre, un simple trait d'union en équilibre au-dessus du vide. Une fine arche entre deux falaises.

Ouvert sur une brèche vertigineuse.

Il nous apparaît au détour d'un virage, à la sortie du village de Saint-Paul.

Le soleil est caché, masqué par un nuage gris s'élevant dans le ciel en lourdes volutes menaçantes. Les crêtes s'en détachent comme des lignes sombres tracées par une main maladroite.

Je pourrais le trouver beau. C'est sinistre.

Des deux côtés de la route, la pente est raide. Des arbres accrochés à la montagne résistent à la verticalité en nouant leurs racines, solidaires dans la chute. Des rochers attendent depuis des siècles de basculer vers l'avant pour nous aplatir, nous les quatre pauvres humains entassés dans la voiture, déjà écrasés par le paysage.

Vu d'en bas, il paraît minuscule, le pont. Et frêle. Je n'ose imaginer qu'on va rouler sur son échine légèrement courbe.

Déjà, de l'autoroute, quand j'ai aperçu au loin les cimes noires couronnées de nuées épaisses et que ma mère s'est exclamée : « C'est là que nous nous rendons, les enfants ! » j'ai eu envie de descendre pour me planquer quelque part dans une station-service. M'enfermer dans les toilettes qui sentaient la rose artificielle et la javel. Qu'ils m'oublient tous. Mon frère et sa musique pourrie. Son pote qui a trois poils sur le menton et se croit mature. Ma mère qui surjoue le bonheur, comme si on était dans une série.

Juste au début des vacances, elle nous a annoncé qu'on passerait le mois d'août dans la maison de sa grand-tante.

Feu sa grand-tante, qui venait juste de mourir.

Inconnue au bataillon. J'ignorais jusqu'à ce jour que nous avions une grand-tante, dotée d'une maison ancestrale.

J'ai protesté aussitôt, râlé, précisé que si elle voulait gâcher ma vie, elle ne s'y prendrait pas autrement. Cela n'a servi à rien.

Des idées pourries, ma mère en possède une réserve inépuisable. La fois où elle a décidé de m'inscrire à un programme de régime à base de plats cuisinés par correspondance. J'en avais perdu le goût des bonnes choses au lieu de mes kilos en trop. La fois où nous nous sommes égarés dans une forêt des Vosges parce qu'elle souhaitait vivre une expérience authentique. La fois où elle a cru que mon père n'allait jamais rentrer de sa tournée et nous a laissés trois jours seuls dans l'appartement, pour vérifier s'il ne la trompait pas avec la chanteuse. J'avais huit ans. Mon frère dix. Un peu trop jeunes pour se préparer des pâtes seuls.

Là, elle dépassait les bornes. Comment pouvait-elle imaginer qu'Anthony et moi serions ravis de rester un mois à deux mille mètres d'altitude, dans un endroit qui n'existait même pas sur les cartes ?

Quand ma mère décide quelque chose, il est pratiquement impossible de la faire changer d'avis. Elle a déballé l'artillerie lourde des arguments. Sa grand-tante venait de lui léguer cette maison et, même si elle ne la connaissait pas, elle pensait que c'était un endroit magnifique. Dans les Alpes du Sud, à la frontière italienne. Loin de la civilisation. Nous partirions à la conquête des sommets. La fréquentation de la nature nous serait bénéfique. Elle souhaitait effectuer une sorte de pèlerinage sur les lieux de nos origines. Cela nous permettrait de renouer avec notre histoire familiale. Parce que c'était la grande révélation de cette affaire : nos arrière-grands-parents étaient natifs de ce village.

Ce qui m'a plongée dans une indifférence muette.

Anthony a adopté son ton conciliateur : il venait d'avoir son bac et même si ça avait été ultra laborieux, il s'estimait en droit de bénéficier de vraies vacances. Avec Samy, son ami, son alter ego. Si possible, loin de la famille. Pour éprouver sa liberté. Tester son sens des responsabilités. Gérer le budget que les parents voudraient bien lui octroyer en guise de récompense. Parce que le bac, lui, il ne l'avait obtenu que pour obéir à l'injonction familiale. Les études, il s'en fichait. Il voulait être musicien. Comme notre père.

La preuve incarnée qu'on peut gagner sa vie en exerçant sa passion.

Certes, ils ne jouent pas du même instrument, sans doute une manière d'éviter le combat de coqs.

Mon père, c'est la trompette. Anthony, lui, gratouille de la guitare. De là à faire carrière dans la chanson, il y a un long chemin à parcourir. Il ne semble pas s'en rendre compte et poste sur son compte Instagram des compos qui cumulent une bonne centaine de vues les jours fastes.

Un peu plus parfois, mais pas la gloire.

Ma mère a écarté ses propositions d'un geste de la main.

Nous irions tous ensemble à la montagne et, s'il le souhaitait, Samy pouvait se joindre à nous. Ce qui ne changeait pas. Cela fait longtemps que le meilleur ami d'Antho nous accompagne. Depuis qu'il a l'âge de dix ans, après le décès de sa mère. Je ne sais pas comment elle est morte, c'est un sujet « à ne pas aborder ».

Samy est présent dans tous mes souvenirs d'été et même parfois à Noël ou à Pâques.

Il m'est longtemps apparu comme stupide, ce copain. Un gros lourd qu'on m'imposait. Je les ai surpris à fumer leur première clope ensemble. J'ai été le témoin de leur première cuite, de leurs tentatives pathétiques d'accoster les filles sur la plage. J'ai subi la première écoute de leurs morceaux et s'ils me demandaient mon avis, c'était pour la forme. J'étais leur public désigné d'office, une potiche juste bonne à applaudir.

Samy joue de l'harmonica. Pas la classe d'une trompette, pas la gloire d'une guitare. Il le colle à ses lèvres et l'année dernière, je me suis surprise à l'observer.

Ses gestes précis et son air concentré de cow-boy qui s'accorde du repos après une dure journée dans la plaine du *Far West*. Limite un peu ridicule. Mais pas trop laid.

Moins laid qu'avant.

Avec ses trois poils sur le menton.

Mon père savait sans doute déjà qu'il ne viendrait pas avec nous. Les dates de ses tournées sont fixées longtemps à l'avance et, avec son groupe de jazz, il circule beaucoup l'été. Les festivals sont nombreux, il est connu dans son milieu. Anthony et moi, on a pris l'habitude de passer nos vacances sans lui.

Ma mère aussi. Elle ne lui a pas posé de questions, ne s'est pas tournée vers lui pour lui demander : « Philippe, cette année, nous feras-tu l'honneur de nous accompagner ? »

Avec cette pointe d'ironie que je perçois à présent. Plus d'acide, moins d'amour.

Non, rien. Ils ne se sont même pas adressé la parole. Depuis quelque temps, ils ne se parlent plus trop.

Nous avons dîné dans un silence consterné.

La veille du départ, je me suis réveillée durant la nuit. Mon réveil indiquait trois heures. Trois heures comme toujours. L'heure maudite. L'heure qui m'arrache à mon sommeil. L'heure qui transforme mes nuits en enfer. Mon cœur battait à tout rompre. J'étais en sueur. Mes mains tremblaient. Un poids sur ma poitrine m'oppressait, ma gorge était serrée. L'air me manquait.

Mon vieux cauchemar.

Ma bonne vieille habitude.

Cela faisait pourtant un moment que je n'avais pas rêvé d'étouffement. D'étau se resserrant sur moi. D'une main pustuleuse aux doigts déformés, comprimant ma trachée jusqu'à ce que je ne puisse plus respirer. Que je sente mes yeux sortir de leurs orbites, ma langue gonfler, peser, immense et lourde, et mes poumons s'enflammer, me brûler. Se transformer en bloc de granit dans la poitrine.

Je me suis redressée sur mon lit, incapable de calmer la cohue frénétique de mes battements cardiaques. Et comme chaque fois, une douleur sourdait dans ma tête, un mal lancinant, et un goût métallique a envahi ma bouche. Celui du sang. Dans l'obscurité de ma chambre, j'ai cru discerner la forme. Cette ombre, toujours la même, au contour encore plus noir que la nuit, se déplaçait lentement. Flottait autour de moi. Me frôlait, se jouant de moi. S'élevait au-dessus de mon lit, m'obligeant à relever la tête, alors que mon corps se raidissait.

Les convulsions.

Je les ai senties venir.

La crise.

Renversée en arrière sur mon lit, étouffée par la main, enveloppée par la forme qui tentait de pénétrer ma chair, j'ai lutté. Je savais qu'il fallait que je me protège. L'empêcher de m'envahir.

Et mon corps s'est tendu. Mon corps s'est figé. Mon corps a cessé de croire qu'il pouvait résister et les secousses m'ont emportée.

2. LE PONT DU DIABLE

Je ne suis pas épileptique. Les examens qu'on m'a fait passer quand j'étais petite, toute une batterie de tests plus impressionnants les uns que les autres, n'ont mis en évidence aucune lésion cérébrale, aucun trouble génétique. Pas de maladie.

Scientifiquement, on ne pouvait expliquer mes crises. Elles advenaient la nuit, souvent après le même rêve. Un cauchemar où je me voyais mourir, étouffée, écrasée par un poids contre lequel je ne pouvais lutter.

En classe de sixième, on m'a installée dans une chambre d'hôpital pendant une semaine entière, branchée à des électrodes de partout, avec des machines qui enregistraient mes phases de sommeil. Cela n'a rien donné. Je n'ai pas rêvé. Je suis restée sur ce lit à attendre que survienne ma peur, mais la peur ne se commande pas.

Mes parents ont fini par me confier à une psy. Une dame qui sentait la cigarette. Quand elle se penchait vers moi pour me parler, j'avais tendance à reculer parce que son haleine empestait. Peut-être qu'elle attribuait à ma folie le fait que je ne supportais sa présence qu'à plus d'un mètre de distance. Elle me souriait, comme si ses dents jaunies par le tabac avaient le pouvoir de m'amadouer.

Elle a élaboré une théorie sur mes « accidents nocturnes ». C'est le nom qu'elle a attribué à cette terreur qui m'envahissait et s'achevait par des convulsions.

D'après elle, c'était à cause de ma naissance.

Une naissance pas très réussie.

Paraît-il qu'on m'a extraite du ventre de ma mère, toute blanche, cyanosée, sans pouls, les bras ballants. Le cordon s'était enroulé autour de mon cou et il s'en est fallu de peu que je meure étranglée. Le médecin qui s'est occupé de moi n'a pas lâché l'affaire. C'était un interne, un brave jeune homme sur lequel mon père n'aurait pas misé un centime, au regard de son âge et son inexpérience.

Il est parvenu à me réanimer au bout de quelques instants, à la grande surprise des infirmières.

La mort s'est détournée de moi, du nouveau-né que j'étais. La petite chose peu consistante que je devais représenter à ses yeux n'était sans doute pas intéressante. Elle devait se régaler ailleurs.

Selon la psy, je revivais le traumatisme de ma naissance.

Lors de notre dernière séance, elle m'a serré la main, fière de son conseil, et lorsque je refaisais le rêve, je pensais à son air satisfait et à sa phrase : « Ce n'est pas parce qu'on a conscience de la source de ses problèmes que ceux-ci disparaissent. Ne luttez pas, Eva. Apprenez à apprivoiser vos fantômes. »

Avec le temps, les crises se sont espacées et j'ai passé mon année de seconde sans en souffrir. Jusqu'à cette nuit.

Mon fantôme se refusait à être apprivoisé.

Nous nous arrêtons juste avant le pont. Un bas-côté y est aménagé, un espace creusé dans la roche, permettant à deux, trois voitures de se garer. Nous sommes seuls. Pas un touriste aux alentours. Les garçons sortent en s'étirant, en se bousculant un peu, comme deux jeunes chiots pataudS. Je reste à l'intérieur. Ma mère m'observe dans le rétroviseur.

– Eva, on va jeter un coup d'œil au vide ?

– Je viens de côtoyer le vide pendant plus de six heures, maman…

Elle esquisse un sourire. Elle comprend que je fais référence à la discussion entre mon frère et son ami. Très vite, j'ai placé mon casque sur mes oreilles pour ne pas les entendre. Ils ont tendance à se lancer dans de grands discours, comparant les mérites et les défauts de groupes et de chanteurs que je ne connais pas. Antho s'était installé devant et se retournait de temps en temps vers son copain quand il avait besoin de son assentiment.

Un sac nous séparait, Samy et moi. J'avais également placé mon oreiller sur le tas. Ainsi la frontière était clairement délimitée. Qu'il ne vienne pas empiéter sur mon territoire, avec ses longues jambes ! Malgré la distance, son genou est parfois venu frotter le mien et je l'ai à peine repoussé. Il n'a pas semblé le remarquer, absorbé dans sa grande discussion avec mon frère.

Contrairement à Antho, il possède son permis de conduire et a proposé, juste avant de partir, de prendre le relais si jamais ma mère se sentait fatiguée. Elle l'a remercié : « Oui, oui, bien entendu, c'est adorable, Samy. » Mon regard a croisé celui de mon frère. Nous pensions la même chose. Jamais notre mère ne lâcherait le volant. Elle déteste se faire conduire. Même notre père ne parvient pas à prendre le contrôle de la voiture. Elle peut rouler dix heures d'affilée, sans se plaindre, sans râler, sans exprimer le moindre besoin. Un simple arrêt aux toilettes lui semble superflu.

Alors Samy et ses bonnes intentions…

Mon père est parti hier pour l'Italie. Il doit se produire dans un festival près de Rome. Il a promis de nous écrire régulièrement des lettres pour nous tenir informés. Sur le coup, sa remarque m'a paru étrange. C'était le genre d'adieu qu'on s'adressait quand le téléphone n'existait pas. Antho lui a répondu : « Oui, mais tu nous appelleras aussi, papa. »

Il a secoué la tête d'un air désolé, ce qui a eu le don d'agacer ma mère. Ses lèvres se sont pincées, elle a lancé un : « Ne te fais pas d'illusions, en général, il nous oublie très vite, ton père… »

Cela sonnait comme un reproche. C'était nouveau aussi, ce ton.

Amer. Blessé.

Il a failli répondre. J'ai remarqué comment ses poings se serraient. Sa façon de retenir ses paroles. Mais elle n'avait pas tort, ma mère. Il ne nous donne pas trop de ses nouvelles quand il joue. Les concerts se déroulent le soir tard et, dans la journée, il répète ou voyage. Alors sa famille est reléguée au second plan.

J'ai trouvé sur ma table de chevet l'enveloppe qu'il dépose chaque fois qu'il part et que nous sommes séparés l'été. Pas un mot à l'intérieur, même pas un dessin ou une photo. Non, de l'argent. Un billet de cinquante. Sa manière de nous prouver son amour.

Les garçons poussent des exclamations si vives que je ne peux m'empêcher de les observer. Ils sont au bord de l'abîme, près du parapet en pierre qui leur arrive à peine au niveau des genoux. Au moindre faux pas, ils basculent, ces idiots. Je n'ai aucun sens des distances, je ne mesure pas combien de mètres les séparent du bas. Peut-être trois cents. L'équivalent de la tour Eiffel. Ma mère sort à son tour et les rejoint. Ils rient ensemble, ils plaisantent et m'appellent. Je pousse un soupir et ouvre la portière. Un vent froid me saisit, me happe. Une manière de me brusquer. Un frisson parcourt ma nuque.

Les graviers crissent sous mes pieds. J'avance lentement, traverse cette route qui ne doit pas être la voie la plus empruntée du monde. Le paysage que j'ai sous les yeux me coupe le souffle. La vallée ressemble à une tranchée creusée à l'explosif. Un titan dément s'en est donné à cœur joie. Fracassée à coups de marteau gigantesque, elle suit les méandres du torrent qui s'insinue entre les roches, jaillissant à gros bouillons d'écume, et la couleur presque verte de l'eau s'accorde au fouillis, aux amas des arbres penchés, brisés, tordus, que les crues doivent emporter régulièrement.

Les pans de la montagne cultivés des années auparavant sont à présent abandonnés. Les murs en pierres écroulées forment des terrasses minuscules qu'un réseau de sentiers longe. On dirait des veines vidées de leur sang. Du lierre couvre ces murets pour mieux les assimiler, les engloutir. J'imagine les paysans grimpant sur ses coteaux, courbant le dos jusqu'à le rompre pour extirper de la terre les cailloux qu'elle recèle. Un travail de forçat.

Plus loin, les maisons de Saint-Paul forment des taches de couleurs. Les toits gris, les volets rouges ou bleus. L'église, perchée sur un éperon rocheux, domine l'eau, se tend vers le ciel dans une tentative de s'élever mais c'est en vain, les montagnes sont si hautes, si impressionnantes qu'il est illusoire de chercher à les concurrencer.

De croire en autre chose qu'en leur puissance.

Je m'approche encore plus et plonge mon regard dans le vide. Un couple d'oiseaux vole en larges cercles, porté par les courants ascendants, et remonte vers nous à une vitesse impressionnante.

– Des aigles ! s'exclame Samy.

Mon frère et lui s'engagent dans une discussion improbable où ils comparent les mérites et les défauts des aigles et des vautours. Le vent s'impose à nouveau, m'aspirant, me forçant à avancer tout près du bord, là où les blocs de pierres s'effritent. Il souffle à mes oreilles une plainte animale, un hurlement diffus de bête blessée.

Le vertige m'attrape par le ventre. Un tourbillon insensé. Mes jambes commencent à flancher et je pense que si je me laissais aller, le vent me porterait peut-être, tellement il semble dense. Je ressemblerais à une feuille qui chute, ballottée à gauche, à droite. Je finirais par me poser sur les éboulis, le pierrier du fond, sans blessures. Saine et sauve.

La main de Samy sur mon épaule.

– Tu vas bien, Eva ?

Les gens sont inquiets pour moi, depuis toujours. Je m'y suis accoutumée. Son intérêt pour moi m'agace sans que je comprenne pourquoi. Alors je me dégage en bougonnant : « Voilà, c'est bon, on l'a vu, le pont ! »

On ne va pas en faire tout un plat de ce truc.

Il est étroit. Nous passons sans qu'il s'effondre.

Il aurait peut-être dû.

3. LES CLÉS DU PARADIS

La foule n'est pas au rendez-vous. Ce n'est pas Saint-Tropez.

Nous ne croisons que deux voitures. Elles descendent toutes les deux et ma mère serre à gauche. Pas de rambarde, aucune barrière pour nous séparer du vide à droite. Un précipice si impressionnant que même Antho se tait, de peur que ses paroles n'aient une influence sur le sort de notre véhicule.

Au bout de trois quarts d'heure d'une route chaotique, aux lacets si raides que j'ai l'impression que le moteur va nous lâcher à chaque tournant, nous dépassons un panneau indicateur. Vollière. Le nom du village. Une trentaine de maisons construites de part et d'autre de la route, serrées les unes contre les autres, aux toits en tôle et aux portes basses. La rue principale s'appelle « Rue principale », au cas où nous l'aurions ignoré.

Le plateau que nous traversons est bien plus large que la vallée que nous avons quittée. Le replat est vaste, raboté par les glaces. Une sensation de respirer librement m'envahit. Les sommets limitent l'horizon, et le ciel par-dessus, comme le cadre d'un tableau, renforce la beauté du paysage. Un pic se dresse au fond, un névé sur le côté gauche, tache de neige résistante à l'été, souvenir de cet ancien glacier qui a érodé les roches.

Tout autour de nous, des dalles plates et blanches.

Les cloches des vaches tintent, on entend aussi le ronronnement inégal d'un tracteur provenant d'un champ en contrebas, près du torrent.

Ma mère gare la voiture sur une petite place. Nous nous extirpons du véhicule et je suis encore une fois surprise du vent, de la force de sa poussée contre mon dos, de sa fraîcheur. La même que celle du ski, en hiver. Celle de la glace, du froid que les rafales vont râper sur les crêtes et ramènent jusqu'à nous.

D'une fontaine circulaire en pierre, jaillit un filet d'eau que le souffle de la bise éparpille en fines gouttelettes.

Ma mère se dirige vers un bâtiment assez large et un peu plus imposant que les autres. Les garçons lui emboîtent le pas. À en croire l'enseigne, c'est un gîte, chambres d'hôtes, bar, restaurant, épicerie, dépôt de pain. Manque plus que la mention « boîte de nuit ». La porte qu'elle ouvre tinte d'un joli carillon, une succession de clochettes argentées. Je jette un coup d'œil aux alentours avant de les suivre. Un chien apparaît de je ne sais où et boit dans la fontaine, ses pattes de devant plantées dans le bassin. Un bâtard trapu aux poils ras, brun comme un sanglier, presque aussi gros. Pas une gueule d'animal familier. Il est flanqué d'un gamin âgé de dix, onze ans. La mine farouche. Un coquard à l'œil droit. Il me fixe comme s'il me défiait et quand je lui souris, il m'adresse un doigt d'honneur. Le plus naturellement possible. Son chien l'aurait fait aussi, s'il en avait eu la capacité, à voir ses babines retroussées et son air peu engageant.

C'est un premier contact magnifique avec les autochtones. Un avant-goût prometteur de ces vacances.

Je ne m'attarde pas plus longtemps.

L'intérieur de la pièce dans laquelle je pénètre est sombre. Je cligne des yeux pour accommoder ma vision. Mon frère et Samy, accoudés à un comptoir, descendent un demi et savourent cet instant en gloussant comme des gamins. Depuis qu'il a célébré ses dix-huit ans, Antho revendique le droit de boire sans le cacher aux parents. Il commande des bières et c'est sa manière d'affirmer son passage à l'âge adulte. Samy l'accompagne bien évidemment. Combien de fois ai-je dû subir leurs conversations sur les mérites et les défauts des blondes, des rousses, des ambrées…

Samy pose son verre et me demande si je souhaite commander quelque chose.

Je hausse les épaules.

Ma mère attend les bras croisés devant l'étal de fruits et légumes.

– C'est génial, elle me dit, nous n'aurons pas besoin de faire toute la route jusqu'à Saint-Paul pour faire les courses. On pourra s'approvisionner ici.

– Super, je réponds.

Comme si les deux pommes rouges, les trois poireaux et les deux carottes molles qui se battent en duel allaient satisfaire notre appétit.

– Il y a même du café bio !

Nous sommes donc sauvés…

Je ne peux pas partager son enthousiasme, alors je l'observe se déplaçant entre les deux rayons qui constituent l'épicerie et je repère les conserves. Elles vont sans doute nous permettre de survivre.

Je suis de mauvaise foi. Je m'en rends compte. Nous avons rempli un caddie, dans une grande surface à Gap. J'ai mon compte de céréales, de quoi tenir un mois en me rationnant légèrement. En planquant les paquets pour éviter que les garçons ne les repèrent. Ils sont capables de les boulotter en deux secondes.

Un rideau de perles datant du siècle dernier est fixé au-dessus d'une porte. Il frémit légèrement, sans doute un courant d'air provenant de l'autre pièce. Puis il se fend en deux.

Un homme apparaît. Plutôt grand, très brun, les cheveux coupés court, des cernes marqués sous les yeux. Un nez busqué, comme un Indien. Une barbe de quelques jours. Un sourire aux lèvres, comme s'il nous connaissait depuis longtemps et qu'il était heureux de nous retrouver. L'âge de ma mère à peu près. Une chemise à carreaux aux manches roulées jusqu'aux coudes. Un genre baroudeur et aventurier. Un peu trop sûr de lui.

Il pourrait être charmant mais je ne sais pas pourquoi, j'éprouve un drôle de sentiment.

Le petit qui m'a si bien saluée à la fontaine lui ressemble. Je me dis qu'ici, ils appartiennent tous à la même famille, vu l'isolement du village. Un système de reproduction en vase clos.

L'homme a dû servir les garçons au bar parce que ceux-ci ne réagissent pas et continuent leur dégustation.

Il tient deux clés entre ses doigts, reliées par une chaînette en fer qu'il tend devant lui, en les faisant balancer. Une croix en bois au creux de sa paume. Je remarque le tatouage sur son avant-bras. Un serpent cornu enroulé autour de ce qui ressemble à un arbre mort. Le motif est très fin, très noir. Un noir profond qui semble s'être enfoncé dans sa peau, imitant le tracé des veines.

– Voilà, il fait. Les clés du paradis.

Je ne sais pas pourquoi mais je trouve sa voix désagréable.

Il sourit et même son sourire est de travers.

– Ah, je suis rassurée, souffle ma mère. Maître Lamabert m'avait dit qu'il n'était pas sûr que vous soyez en mesure de nous les donner.

– Il a eu bien tort, votre notaire. Elles n'attendaient que vous. Elles nous brûlaient la main. Je plaisante, mais on ne va pas se mentir, il me tardait de vous les remettre.

Il accompagne ses paroles d'un clin d'œil appuyé.

Les gens qui formulent ce genre d'expressions : « on ne va pas se mentir », « pour dire la vérité », « franchement », « en toute sincérité », « pour être honnête », je les soupçonne d'être de gros menteurs.

– Parce qu'en vérité, on l'aimait bien, Mme Miglio.

Je retiens mon sourire. On va avoir droit à toute la gamme de sa sincérité. Ma mère enchaîne :

– Nous n'étions pas proches. C'était ma grand-tante Simone. La sœur de mon grand-père, qui avait quitté le village depuis si longtemps. Ils s'étaient fâchés, je ne sais pas pour quelle raison mais les familles, c'est souvent compliqué. Dans la lettre qu'elle a laissée et que le notaire m'a transmise, elle n'explique pas les raisons de leur séparation. Je n'ai pas tout compris d'ailleurs. Elle écrit des phrases insensées…

Première nouvelle, la grand-tante a rédigé un mot.

– La pauvre dame. Vraiment.

L'homme adopte une mine de circonstance et ajoute :

– Elle n'avait plus trop sa tête à elle, vers la fin…

Ma mère poursuit :

– Oui, je sais. Enfin, maître Lamabert nous a prévenus. Et puis, en lisant sa lettre, j'ai bien compris que quelque chose ne tournait pas rond. J'ai été si peu présente dans sa vie, les conditions de son décès m'ont attristée encore plus…

Autre nouvelle, la grand-tante a connu une fin pas très réjouissante.

Plutôt louche.

Et ma mère en est affectée.

Et rentrer illico presto chez nous me semble la plus raisonnable des idées.

– Surtout qu'elle était toute seule, votre grand-tante. La solitude, ça peut taper sur le système. J'y montais parfois, pour lui apporter le journal, le pain, quelques courses. Moi et le facteur, on était les seuls à la visiter. C'est avec sa voisine qu'elle aurait pu discuter, mais ce n'était pas l'entente cordiale entre elles. Vous les verrez, ils sont un peu spéciaux, les Moreaux. Je veux pas dire du mal, c'est pas mon style…

Bien entendu, que ce n'est pas son style, à ce type.

Ma mère récupère les clés. La croix est grosse et pend au bout de la chaîne en formant des cercles.

– N'hésitez pas à vous adresser à moi, si vous avez besoin de quoi que ce soit. J'ai aussi des bonbonnes de gaz au cas où la réserve serait épuisée. Sur la table de la cuisine, j'ai déposé une feuille où j'ai noté des indications. Pour l'électricité, la cheminée, la cuisinière. Les poubelles, faudra les descendre ici. On a un conteneur et vous pouvez séparer le verre et le plastique. Souvent les touristes me demandent si on a des poubelles sélectives et je leur réponds qu'ici, franchement, si on n'aimait pas la nature et si on ne la respectait pas, ce serait un comble.

– Merci monsieur…

– Fabien. Appelez-moi Fabien.

Ma mère sourit.

– Merci Fabien.

Ils demeurent une seconde immobiles. Au sourire de ma mère, à sa manière de pencher la tête, je comprends qu'elle le trouve sympathique, le Fabien.

Tout le contraire de ce que j'éprouve.

– Pour rejoindre La Maledetta, vous suivez la piste. Dans dix minutes vous tomberez sur la maison des mortes. C'est la plus haute. Après, il n'y a plus rien.

Je fixe ma mère. C'est quoi ce plan ? Qu'est-ce qu'il a dit, ce mec ? La « maison des mortes » ?

4. LA MAISON DES MORTES

Dans la voiture, je ne peux me retenir :

– Mais sérieux, maman, tu nous emmènes dans un bled paumé qui s'appelle la maison des mortes !

Ma mère n'a pas encore démarré. Elle ne se retourne pas, évitant mon regard dans le rétro :

– Fabien s'est excusé.

– Fabien s'est pas vraiment excusé. Il a fait exprès de dire son nom : la maison des mortes ! Il était heureux de balancer son scoop. Il a adoré contempler nos têtes.

– Il a dit que c'est le nom que les gens du coin lui ont donné mais que c'est juste des histoires du passé et que cela n'a pas de sens. Son vrai nom c'est La Maledetta.

– Je ne trouve pas que ça sonne mieux.

Antho ne dit rien. Il m'énerve. Il pourrait me soutenir. Je ne pense pas qu'il ait envie de rester ici mais c'est sa tactique depuis qu'on est gamins. Le plus souvent, c'est moi qui râle. Lui, il se contente de jouer l'indifférent ou de sortir des arguments sensés sur un ton raisonnable. C'est grâce à cette stratégie qu'il s'en sort toujours et qu'on le considère comme un bon garçon alors qu'il a failli louper son bac et qu'il filoute sans cesse. C'est le roi des coups en douce.

Ça m'agace encore plus.

– C'est quoi, ces histoires du passé ? Et je veux savoir comment elle est morte, Simone. D'abord, pourquoi c'est à toi qu'elle a légué la maison et pas à tes cousins ? On t'a jamais posé la question mais c'est quand même évident à quel point c'est louche. Elle te connaissait à peine !

– Elle l'a écrit dans sa lettre. Je ne vous en ai pas parlé avant, j'ai oublié. Elle souhaitait que la maison revienne à une femme.

– Ben oui, c'est logique, intervient Antho.

Je lui lance un regard furieux.

– Pourquoi ?

– La maison des mortes, c'est pas la maison des morts.

Je me retiens de lui balancer mon poing dans l'épaule. Samy étouffe un rire. Il prend le parti de mon frère, comme chaque fois, alors c'est lui que je pousse du plat de la main en rajoutant : « Gros con ! » Il ne proteste pas.

– Écoutez, j'avoue que c'est un peu de la folie, ces vacances. Je ne sais pas à quoi ressemble la maison. Je ne sais pas sur quoi nous allons tomber. Je vous fais une promesse, si jamais on ne s'y plaît pas, si c'est trop vétuste, trop moche, on rentre chez nous.

Le silence général accueille cette déclaration.

– On fait un pacte. Vous m'accordez quelques jours. Le temps de nous éloigner un peu. J'ai besoin d'être ici, les enfants. De couper avec… l'appartement, les habitudes, le quotidien. Ne pas être seule… Que vous m'accompagniez…

Ma mère marque une pause. Sa voix se fait tremblante. Plus aucune trace de son enthousiasme flamboyant.

– Ce n'est pas facile pour moi en ce moment.

Elle place ses mains sur le volant et le serre fort. Quelque chose ne tourne pas rond dans sa manière de se tenir raide. Elle lutte contre les larmes.

Ma colère redescend d'un cran.

– Ne vous inquiétez pas, Marianne. On n'est pas malheureux d'être là.

Depuis tout ce temps qu'il squatte ma famille, Samy n'est toujours pas parvenu à tutoyer mes parents. Qu'il utilise le prénom de ma mère est presque un miracle.

– On va marcher, on va faire de la musique. On va s'éclater. La nuit on va se caler sous le ciel étoilé et s'en mettre plein les yeux, de la lune et des constellations. J'ai lu qu'en altitude, c'était un spectacle fabuleux.

Les doigts crispés de ma mère. Sa nuque fragile trop tendue. Ses yeux baissés.

– Et puis c'est l'aventure, Marianne. D'accord pour le pacte…

Elle relâche le volant et se racle la gorge :

– Je n'étais pas au courant, pour la maison des mortes.

Je ne réponds pas.

– Tu m'en veux, ma puce ?

Bien sûr que non. Sa toute petite voix de petite fille, celle qu'elle adopte après ses disputes avec papa, m'en empêche.

– Je m'en fous. C'est pas grave. De toute façon, j'ai grossi, je ne voulais pas aller à la mer. C'est surfait, la mer. C'est pollué, la mer. Y'a trop de monde. Ça pue.

Je ne rajoute pas que cette année, ma meilleure amie ne m'a pas proposé de la rejoindre à Leucate.

Je n'ai plus de meilleure amie.

Je peux bien m'encroûter à la montagne.

– C'est bon, maman. On va les kiffer nos vacances !

La spécialité d'Antho, arriver après la bagarre et la conclure en faisant croire que c'est lui qui a résolu le conflit.

Ma mère inspire profondément avant de parler :

– J'ai une dernière info. Vous n'allez pas apprécier…

– Je crois qu'on ne peut pas faire pire, maman, ajoute-Anthony, toujours dans son rôle de médiateur de l'ONU.

– Depuis qu'on a dépassé le pont, on n'a plus de réseau. Pas d'Internet. Pas de téléphone.

– On rentre. Tout de suite ! Y'a pas moyen maman ! On rentre !

Une réponse qui met un terme à sa mission diplomatique.

La piste n'est pas goudronnée. Je remonte ma vitre pour éviter que la poussière ne pénètre dans la voiture. Nous sommes ballottés dans tous les sens. Samy tire une drôle de tête. Je crains qu'il ne se sente mal et ne rende son demi sur moi, mais il se retient. Le village disparaît derrière nous.

Nous n'avons pas fait demi-tour. À cause du pacte. De la petite voix de ma mère. Et puis, je doute de sa capacité à tenir plus d'une semaine dans cet endroit. Elle est aussi accro que nous à son téléphone.

Je réalise, entre deux soubresauts, que notre père était au courant. Il savait qu'il ne pourrait pas nous joindre. C'est pour ça qu'il nous a dit qu'il nous écrirait des lettres. Il n'a pas vendu la mèche, preuve qu'une certaine complicité perdure entre mes parents. Ou qu'il souhaite se débarrasser de nous. D'elle.

Les arbres sont disséminés et peu nombreux à cette altitude. Nous sommes entourés d'alpages. Une herbe courte, d'un vert éclatant. Je m'imagine m'allonger dessus. Elle doit être douce.

Elle se révélera piquante et irritante. Ne pas se fier aux apparences…

Au détour d'un virage, une marmotte. Dressée sur son séant. Dès qu'elle nous voit, elle détale. Son derrière est bien rond et charnu. Nous éclatons de rire. Elle est adorable, à trotter ainsi. Mollement. Comme consciente du charme qu'elle exerce sur nous. Elle est rejointe par une compagne, tout aussi dodue. Nous en déduisons que les marmottes du coin sont bien portantes et pas trop sauvages.

Deux maisons se trouvent au bout du chemin. Un surplomb rocheux les domine. Le torrent passe à proximité. Il dévale la pente et forme une petite cascade bouillonnante. Enfin on s'immobilise.

Le bout du chemin. Le bout du monde. La fin absolue.

Le lieu-dit La Maledetta.

– Je pense que c'est celle-là, d'après la photo que m'a envoyée maître Lamabert. Elle est pas mal, non ?

Ma mère pointe du doigt la bâtisse qui se trouve sur la gauche. Pour l'atteindre, quelques marches taillées dans la roche. Près de l'escalier, une eau claire et chantante s'écoule d'une petite fontaine qui ressemble à un abreuvoir.

La maison n'est pas très haute, comme tassée sur elle-même, et comporte un étage. À ce niveau, trois petites fenêtres obturées par des volets noirs organisent la façade. Un toit en tôle comme tous ceux du coin. La porte d'entrée se trouve sur le côté. Une porte massive, impressionnante. En m'approchant, je remarque des bas-reliefs qui l'ornent. Elle ressemble aux portails des églises, celles qui montrent des scènes tirées de la Bible pour marquer les esprits des croyants. Je ne prends pas le temps de bien les détailler mais je distingue un serpent cornu.

Presque le même que celui de Fabien.

La même tête tordue, aux yeux vides.

Sa langue fourchue entoure la poignée, comme pour la protéger, nous dissuader de la toucher.

Ma mère s'exclame :

– Mais que c'est beau !

Encore une fois, je ne peux partager son enthousiasme.

Elle brandit les deux clés devant elle et engage la première. Rien ne se produit. Elle a beau forcer, elle ne parvient pas à ouvrir la porte.

– C'est pas celle-là, maman, constate Antho.

Elle la retire et tente sa chance avec la seconde. Elle l'introduit tout en délicatesse avec le même résultat.

– Laisse-moi faire, maman.

Antho le sauveur. Il engage les deux clés, l'une après l'autre, et chaque fois, elles refusent de tourner. Complètement bloquées. Ma mère a l'air inquiet. Elle s'imagine sans doute faire demi-tour. Adieu randonnées, air pur, chamois, marmottes et mise au point sur sa vie.

Quand Samy prend le relais, elle commence à s'énerver, piétinant derrière lui, marmonnant :

– Mais non, mais tu fais n'importe quoi, enfin.

Le pauvre. Il devient pâle. Il essuie la colère de ma mère et je sais qu'il n'aime pas ça. Il est trop gentil, Samy. Il déteste décevoir mes parents. Alors je prends sa place.

La croix en bois me gêne un peu. Elle rajoute du poids à l'ensemble. Elle est inutile, trop grosse. La chaîne la traverse par un trou qui se trouve dans la partie inférieure. Elle se balance à l'envers chaque fois qu'on place les clés dans la serrure.

La première ressemble à celle d'une porte d'appartement. Rien de spécial. L'autre est sa jumelle. Pas de raison que l'une fonctionne et l'autre non. J'observe les dentelures. Elles ne sont pas usées.

Je la place dans la serrure. Elle s'y ajuste parfaitement bien. Je tourne, retenant mon souffle. Je sens alors la porte accompagner mon mouvement.

La clé pivote. Le mécanisme se décoince. Un petit déclic se fait entendre. J'appuie sur la poignée. Elle ne cède pas. Je force un peu. Une étrange chaleur envahit mon bras et l'engourdit.

La porte s'entrebâille.

– Putain, s'exclame mon frère. Comment tu as fait ?

J'ôte ma main sans commenter.

– Bienvenue dans la maison des mortes, fanfaronne mon frère. Que la fête commence !

Il pénètre à l'intérieur et la pénombre l'avale.

5. OH, OH, OH

Nous laissons la porte ouverte. La seule petite fenêtre n'est pas suffisante pour nous éclairer. Des carreaux sont manquants, un morceau de carton humide et gondolé les remplace.

Le jour diminue. Nous hâtons notre installation avant que l'obscurité ne nous empêche d'être efficaces.

L'entrée se fait directement dans la cuisine, après une petite marche un peu traîtresse qui m'entraîne presque dans une chute ridicule. Samy me rattrape à temps. Un évier en marbre, un robinet un peu rouillé, une table et quatre chaises en Formica. Un voyage dans le temps. Retour dans les années soixante. Au-dessus de cet évier, une étagère où des assiettes et des verres sont empilés.

L'odeur de moisi me saisit à la gorge.

Ma mère trouve le mot dont avait parlé Fabien et très vite, grâce à ses indications, déniche le compteur. Un boîtier situé dans le cellier, attenant à la cuisine. Elle branche l'électricité. L'ampoule du plafonnier émet une lumière blafarde qui nous donne mauvaise mine. Les carreaux au sol sont en terre cuite. Certains sont fendus. La couche de crasse ne masque pas leur couleur marron. Aux murs, les pierres apparentes n'ont pas été recouvertes de crépi. Des toiles d'araignées s'accrochent dans tous les coins, jusqu'à la hotte aspirante placée au-dessus d'une antique cuisinière à gaz. Le tuyau de raccordement de la bonbonne de gaz gît, triste et inutile. Une paire de gants usée, en plastique rouge, pend à un crochet et côtoie une serpillière racornie.

Un serpentin tue-mouches fixé à une des poutres du plafond est maculé de victimes remontant à un temps infini. Le courant d'air qui s'engouffre par la porte que nous avons conservée ouverte l'envoie valser dans tous les sens.

– C'est… typique, dit Antho.

– C'est… dans son jus, renchérit Samy.

– C'est… daté, confirme Antho.

– C'est… vieillot, constate Samy.

– C'est… original, jauge Antho.

– C'est… vos gueules ! je tranche.

Je m'engage dans l'autre pièce et ouvre les volets de l'unique fenêtre en les faisant claquer. Je suppose que c'est le salon, même si un lit d'une personne se trouve adossé au mur du fond. Des couvertures sont pliées sur un vieux matelas. Les ressorts couinent lorsque je m'assois dessus. Une table basse, ornée d'un napperon d'un blanc douteux. Un poste de radio qu'il faudrait dater au carbone quatorze pour lui donner un âge.

Sur une commode en bois foncé dont le vernis s'écaille, une soupière décorée de moutons gambadant dans la verte prairie. Sur chacun des murs, une croix en bois fixée par un clou. Nord, sud, est, ouest. La tante s'était bien entourée.

Le seul fauteuil de la pièce, sous la fenêtre, semble s'être effondré sur lui-même. Un chat s'y trouve. Assis sur son séant. Il me fixe. Un matou tigré, les yeux jaunes, de longues moustaches.

– Comment tu es entré, toi ? je lui demande, consciente qu'il ne va pas forcément me répondre.

Il continue à me suivre du regard et lorsque je m'approche trop près, il se lève. Je le suis dans la pièce suivante. La salle de bains. Dépourvue de fenêtre, elle sent le renfermé. Une douche est délimitée par un rideau en plastique gris. Près de l'évacuation, un tabouret. J'appuie sur la chasse d'eau des toilettes qui fonctionne. Au moins, nous n'aurons pas à faire nos besoins dans la nature.

Le chat a disparu. J'entends des pas au-dessus de ma tête. Le parquet grince de toutes parts et les voix étouffées des garçons me parviennent.

Je traverse à nouveau le salon pour rejoindre l'escalier, juste avant la cuisine. À l'étage, trois chambres se suivent, le long d'un couloir étroit et mansardé. Elles ont la même dimension, une dizaine de mètres carrés. Chacune est dotée d'un lit deux places et d'une armoire en bois massif. Ma mère a déjà choisi la sienne. La plus proche de l'escalier. Les garçons, celle qui se trouve à l'aplomb de la salle de bains. Ne me reste que celle du milieu.

Cela ne me dérange pas.

C'est la fin du jour. En ouvrant les volets, je vois les cimes qui se teintent d'un rose d'une douceur infinie.

L'heure parfaite, celle qui retient à peine le jour et colore ses derniers instants. Je me surprends à m'imaginer là-haut. Quelles sensations doit-on éprouver à voir le monde ainsi ?

Les nuages ont disparu. Le bleu profond s'étale comme pour élever encore davantage les montagnes, et nous, par la même occasion. Se sentir appartenir à cette élévation, c'est comme participer aux mouvements de la Terre, à sa ronde dans l'univers.

Je suis bien.

Je ne l'avouerai pas à ma mère parce que je compte repartir d'ici très vite, mais cette vue est parfaite.

Des bêlements interrompent mes pensées.

Je baisse les yeux. Devant la fontaine, sur le sentier caillouteux, passe un troupeau de moutons. Une vingtaine de bêtes qui vient de la montagne et se dirige en se bousculant vers l'autre maison dont on ne voit que le toit. Une grande bâtisse, composée de deux parties. Je comprends que la bergerie est à droite en voyant les brebis s'y engager, guidées par un chien qui leur virevolte entre les pattes.

– Oh, oh, oh !

Quelqu'un m'interpelle.

Sur le chemin, un homme. Il porte une casquette qui lui couvre le front. Il redresse la tête. Je me retiens de reculer. Il n'a pas l'air normal. C'est ma première pensée. Des yeux rapprochés, une bouche trop grande. Il me sourit et continue à proférer ses « oh, oh, oh ». Je ne sais pas quoi faire. Comment réagir ?

– Oh, oh, oh, fait l'homme.

Il porte un tee-shirt Led Zeppelin. Des grosses chaussures de montagne. Un pantalon trop court qui laisse voir ses mollets poilus. Il tient également un bâton qu'il secoue en même temps qu'il me lance ses « oh, oh, oh ».

Mon frère apparaît dans l'encadrement de sa fenêtre.

– Oh, oh, oh, il lui renvoie.

Il ne se moque pas.

Je suis incapable de lui attribuer un âge, à cet homme. Il n'est pas trop vieux mais avec son visage difforme et sa casquette, c'est difficile de juger.

– Oh, oh, oh, il continue et je comprends qu'il est ravi que mon frère lui réponde.

– Excusez-le !

Un garçon descend le chemin en courant, un agneau dans les bras. Sa voix porte loin. Dix-huit ans sans doute, comme Antho et Samy, à vue de nez.

– Ça suffit, Camille, lâche-les !

Il crie, agacé et pressé.

– Oh, oh, oh, continue le Camille.

– C'est pas grave, lui lance mon frère quand le jeune se retrouve à notre niveau.

Celui-ci l'ignore. Il ordonne :

– Rentre à la maison, Camille ! Maman t'attend.

Camille baisse la tête comme un enfant que l'on gronde. Il me fait de la peine.

– Oh…

– Dépêche-toi ! Bouge ton cul !

Je trouve son ton un peu trop sec.

– C'est bon ! je m'exclame. Il nous dérange pas !

Il me fusille du regard.

– C'est peut-être vous !

– Quoi nous ?

– C'est peut-être vous qui nous dérangez !

J'en reste bouche bée. Mon frère part d'un grand éclat de rire. Il est capable de prendre les choses avec du recul et son habituelle nonchalance lui permet de voir le bon côté de la situation. Pas moi.

– Merde ! je fulmine.

Le jeune ne m'a sans doute pas entendue. Il a détalé juste après avoir craché ses paroles, suivi par l'homme à la casquette, qui a traîné des pieds et s'est retourné à plusieurs reprises pour vérifier si nous étions encore là.

Je rejoins les garçons dans leur chambre. Ils partagent le même lit et cela ne les gêne pas. Mon frère a déjà récupéré sa guitare. C'est la première chose à laquelle il pense.

– Vous l'avez entendu ? je demande, complètement atterrée.

– C'est ce qui s'appelle un échange cordial et bienveillant, constate mon frère.

Samy est allongé sur le lit pas encore fait, les bras sous sa tête.

– Vous avez vu ?

Je suis son regard.

Le plafond est peint en rouge. Un rouge vif, intense, épais, qui déborde sur le mur en gouttelettes éparses et sanguinolentes.

6. LA PENDUE

Mon frère et Samy, après avoir déchargé la voiture, se sont occupés du branchement de la bonbonne de gaz.

Ce qui s'est révélé épique.

Un miracle qu'elle n'ait pas explosé…

Impossible de comprendre comme fonctionnait le clip. Le tuyau de la cuisinière, un modèle aussi vieux que le poste de radio, ne possédait pas le bon embout et il avait fallu dénicher l'adaptateur. Ce n'est que tard dans la soirée qu'ils ont réussi à faire fonctionner l'ensemble, après avoir établi la liste des mérites et des défauts de ce genre d'appareillage. En compagnie de ma mère, nous avons dressé la table avec les couverts dépareillés de la grand-tante, fait les lits, dépoussiéré le salon, constaté que le chauffe-eau produisait une eau tiède. Prié pour qu'elle devienne plus chaude.

Installée sur la petite terrasse, je contemple le ciel. J'ai fermé la porte pour accentuer l'obscurité. C'est la première fois de ma vie que je vois les étoiles briller avec cette intensité. Elles semblent plus proches, plus scintillantes qu'ailleurs. La lune n'est pas encore apparue, ce qui accentue leur présence. J'adorerais que l'on m'indique le nom des constellations. C'est le moment où jamais de sortir le téléphone pour trouver une appli les détaillant.

Rien. *Nada*. Mon portable est inutilisable.

De l'autre bâtiment, je vois s'élever de la fumée. Une odeur de bois brûlé se répand. Les bêlements des bêtes se sont calmés. Deux fenêtres sur la façade arrière sont orientées vers nous. Parce que la maison est construite dans la pente, on ne voit qu'un seul niveau mais elle possède un étage, comme la nôtre. L'entrée se fait de l'autre côté et n'est pas visible, ce qui assure à chacun d'entre nous une intimité que je juge précieuse, vu l'accueil de nos voisins.

Aucune lumière ne provient de ces fenêtres. Elles restent closes et inamicales.

Ma mère ouvre deux boîtes de raviolis. Ces trucs qu'on ne mange jamais dans la vraie vie et qui ont un goût chimique et merveilleux de vacances.

Les yeux commencent à me piquer mais au moment de me jeter sur la tablette de chocolat au lait, noisette et raisins – dessert réservé aux grands repas gastronomiques –, je sens un regain de vitalité affluer. Il est temps de poser les bonnes questions à ma mère. La bouche pleine, je me lance :

– Elle disait quoi exactement la tante Simone, dans sa lettre ?

Ma mère s'attendait à ce que le sujet sorte sur le tapis. Elle frotte ses mains l'une contre l'autre et adopte son ton d'enseignante. Elle est prof de français. C'est plus fort qu'elle.

– Ma chère grand-tante, à la fin de sa vie, n'avait plus toute sa tête. Je n'ai pas jugé utile de vous montrer son propos qui vire au galimatias un peu paranoïaque. Vous vous seriez fait une mauvaise idée de la maison et vous ne seriez pas venus.

– Ça, c'est évident, maman ! La maison des mortes... Je ne sais pas qui aurait eu envie de passer ses vacances dans un bled pareil.

– Nous allons la faire revivre, cette maison. La maison des bons vivants, on va l'appeler à présent.

Je ricane ouvertement à son jeu de mots. Ma mère dans toute sa splendeur.

Nous avons tiré au sort pour nous répartir les corvées et Antho a été désigné pour la première vaisselle. Il ne s'applique pas forcément. Je vois l'eau couler le long de ses avant-bras. Il prend sa douche en même temps qu'il frotte la casserole. Samy a trouvé deux grosses bougies et les a alignées sur la table en éteignant la lumière blafarde du plafonnier, ce qui confère à notre fin de repas un petit côté mystique.

Ou romantique.

Ou absurde.

– Vous avez vu la couleur des plafonds, à l'étage, Marianne ?

Elle émet un petit rire. Je soupçonne les deux verres de vin qu'elle a bus de contribuer à ce détachement.

– Simone explique que le rouge permet de contenir les esprits.

– Quoi ?! je m'exclame.

– Ce ne sont que les divagations d'une pauvre femme solitaire. Je pense qu'elle a dû les peindre toute seule, ce qui explique à quel point c'est mal fait.

– Elle a peint les plafonds pour contenir les esprits ? j'insiste.

– Je pense qu'elle devait avoir des hallucinations, des crises de démence. La vieillesse est un naufrage, d'après le général de Gaulle.

Les flammes des deux bougies vacillent.

Antho pousse un cri de victoire. Il est parvenu à nettoyer quatre assiettes sans les casser. Il nous rejoint en s'essuyant avec un torchon aussi trempé que le devant de son tee-shirt et pose la main sur l'épaule de ma mère.

– Et pourquoi c'est à toi que cette maison hantée a été léguée ? dit-il en se penchant vers elle.

– Ce n'est pas drôle ! je proteste.

– Elle souhaitait que cela revienne à une femme. Et son frère n'a eu que des fils. Ils ont renoncé aux droits, de toute façon. Ils ne voulaient pas de cet héritage. Ne me demandez pas pourquoi.

– C'est quoi, ses mots, exactement, concernant les esprits ?

– Je ne sais plus, Eva. Et ce n'est pas si important.

Je ne peux m'empêcher d'insister.

– Mais cette histoire de nom : la maison des mortes ? Est-ce que tu sais pourquoi ?

Elle repousse la mèche devant ses yeux. Nos ombres sur le sol forment des silhouettes mouvantes et inquiétantes, se mêlant aux anfractuosités du carrelage.

– Ce serait peut-être lié à la Seconde Guerre mondiale. Des gens auraient été cachés ici et les Allemands les auraient découverts et fusillés. C'est flou, dans ma mémoire. Je poserai des questions plus précises à Fabien quand je le reverrai.

– Parce que tu comptes le revoir ?

Je ne peux distinguer, dans la faible luminosité qui nous entoure, les rougeurs qui envahissent ses joues.

– Nous lui demanderons, Eva. Quand nous descendrons nous ravitailler toi et moi.

– Je te le laisse volontiers, maman.

Elle garde le silence.

– Comment elle est décédée ?

Samy a presque chuchoté sa question. Ses yeux sont sombres et luisent d'une étrange façon. Je me surprends à chercher des reflets dans ses pupilles que la nuit dilate.

Ma mère se racle la gorge.

– Elle s'est pendue.

Je me redresse et envoie valser ma chaise derrière moi. À quoi joue donc ma mère ?

– Quoi ?! Ici ?

Ma voix est tremblante. Limite hystérique.

– Là-haut. Je ne sais pas dans quelle chambre. Elle n'est pas morte sur le coup. Le voisin l'a découverte à temps et l'a décrochée. Il a réussi à la réanimer. Elle a été soignée en ville. À l'hôpital de Gap. Elle était incapable de parler, de se mouvoir, à cause des séquelles. Elle a végété quelques jours. Pas longtemps.

Ma mère tripote un bout de pain qu'elle fait rouler sur la table. Elle reprend avec son ton de prof :

– Eva, il ne s'est rien passé dans la maison. Tout est normal. Les esprits, les fantômes n'existent pas. Simone était une pauvre dame malheureuse, rongée par la solitude, une vie qui n'avait plus de sens.

Je récupère ma chaise et la remets d'aplomb.

– Reconnais que c'est quand même des vacances cheloues que tu nous proposes, maman.

– C'est la vie qui est cheloue, ma puce. Dans son ensemble et sa globalité.

Je suis la dernière à me coucher. L'envie de dormir m'a abandonnée alors je traîne dans la cuisine, en laissant la porte entrouverte. Le ciel est décidément incroyable. Je ne m'en lasse pas. J'attends que ma mère termine sa toilette, que les garçons s'enferment dans leur tanière. Mon frère à la guitare, Samy à l'harmonica. Leur musique parvient jusqu'à moi, s'envole, s'échappe pour se perdre entre les cimes.

Au début, la douche crachote une eau grise et peu engageante qui s'éclaircit tout en demeurant tiède. Je me sèche rapidement. Le miroir est fendu et mon reflet fractionné me renvoie une image peu réjouissante. Mes cheveux longs et raides, ma peau blanche, presque diaphane. Je ressemble à une revenante. J'aurais besoin de prendre des couleurs.

J'aurais été mieux à la mer.

Elisa et moi sommes fâchées depuis le mois de mai. C'est pour cette raison que je ne l'ai pas accompagnée.

Je ne veux pas y penser.

De toute façon, trop s'exposer au soleil provoque le cancer de la peau. Je préfère rester blanche. Et sans elle.

En passant dans le petit salon, je sens une présence.

Je m'immobilise, aux aguets. Les poils sur mes bras se hérissent sans que je puisse les contrôler. J'entends un léger frottement provenant de la porte. À l'intérieur, elle est dépourvue de sculptures, mais je crois voir dans l'obscurité le bois se gondoler. Les flammes des deux bougies se réduisent jusqu'à devenir deux points incandescents. Quelque chose se faufile entre mes jambes et je ne peux retenir un cri.

Le chat tigré fait le gros dos en me tournant autour. Je le caresse. Il apprécie.

– Je suis débile, hein, le chat ! Je me fais peur toute seule. J'ai trop d'imagination.

Il miaule.

– Mets-toi à ma place. La maison des mortes, ça donne pas franchement envie. On se croirait presque dans un film d'horreur.

Il confirme à nouveau. Je le remercie de son empathie. Il me suit dans l'escalier. Un rai de lumière filtre sous la porte de la chambre de ma mère. Elle lit sans doute avec sa frontale. C'est une bonne idée de les avoir apportées, tout comme nos duvets. La température a chuté. Demain, il serait utile que nous allumions un feu dans la cheminée.

Du côté des garçons, ça sent la cigarette. Ils ont cessé de jouer mais parlent toujours en s'efforçant de chuchoter.

Les murs épais étouffent les sons mais je parviens à les entendre encore. Zéro discrétion.

Je m'installe sur le lit et lève la tête. Le plafond rouge s'est assombri. On dirait du vrai sang. Je me dis que je vais rêver qu'il me coule dessus jusqu'à me couvrir entièrement. Que je vais périr, noyée sous toute cette hémoglobine qui suinte des murs.

Puis je remarque un crochet enfoncé dans la poutre juste au-dessus.

C'est peut-être ici qu'elle s'est pendue, tante Simone.

Le chat se love contre moi. Je sombre dans le sommeil comme une pierre s'enfonce dans l'eau.

7. COMME UNE BREBIS ÉGARÉE

Quand je me réveille, le chat n'est plus là.

J'ai oublié de refermer les volets mais la lumière du jour ne m'a pas dérangée. Je n'ai jamais dormi aussi profondément, comme si le monde s'était effacé, avait disparu. Mes paupières me paraissent lourdes, mes muscles sont tout engourdis.

J'entends les grosses voix d'Antho et Samy, leurs rires idiots, provenir de la cuisine, et les premiers accords d'une chanson qu'ils ont dû écrire en deux secondes ce matin.

Des chansons écrites en deux secondes, ils en inventent tous les deux jours.

Je jette un coup d'œil dehors.

Quelques nuages bas s'accrochent aux dentelures des sommets. Le sentier qui passe devant la fontaine serpente le long de la barre rocheuse. À son sommet, un chamois.

Je retiens mon souffle.

Une petite bête, sans doute un jeune trop curieux, dressé sur ses pattes, juste au bord du vide. Il est si proche que je parviens à distinguer ses oreilles, la forme parfaite de ses cornes légèrement recourbées. Son pelage court d'un beige clair se confond avec la couleur des rochers.

Il se laisse admirer quelques minutes, peut-être conscient de ma présence, recule puis disparaît.

Ce n'est pas tous les jours qu'on aperçoit un chamois à son réveil.

Ma mère est déjà occupée. Elle a sorti le matelas du salon, le fauteuil, les coussins, la table basse. Elle lave le sol avec la serpillière, une écharpe entourant ses cheveux comme les servantes des temps anciens.

– Bien dormi ?

Combien de fois mon sommeil les a inquiétés, elle et mon père…

– Je n'ai pas rêvé de mortes, merci maman. Le chat m'a protégée.

Elle s'interrompt.

– Le chat ? Quel chat ?

Je ris parce que c'est évident, le matou s'est incrusté la veille, mais elle ne l'a pas remarqué.

– Je te le montrerai quand il reviendra squatter.

Elle ne me prête déjà plus attention, occupée à frotter les carreaux qui ont absorbé des années de saleté.

Je bois mon thé, installée sur une marche, espérant une nouvelle apparition du chamois. Samy me rejoint. Il se tient à mes côtés sans me parler alors je me tourne vers lui. Il engage la conversation, comment j'ai passé la nuit, est-ce que j'aime bien la montagne, est-ce que j'ai aperçu le chamois ce matin ?

C'est l'une des premières fois que nous parlons aussi longtemps sans que mon frère n'intervienne. Je me fais la réflexion que Samy a changé. Quelque chose dans son attitude. Ses gestes. Son intonation. Peut-être le fait qu'il a pris des centimètres, cette année, et me dépasse d'une bonne tête. Il est plus grand, c'est sûr.

Moins débile aussi.

Je remarque ses sourcils fournis, et j'ai envie de passer mon doigt dessus, pour les lisser.

C'est pour ça que je lui réponds lorsqu'il me demande ce qui s'est passé avec Elisa, au lieu de l'envoyer compter les moutons,

– Tu ne devais pas partir avec elle, ces vacances ? Vous êtes inséparables, d'habitude.

Je me ronge l'ongle du pouce. Un de mes tics que je n'essaie même pas de corriger.

– On s'est disputées.

– Tous les amis se disputent. C'est ça, la définition de l'amitié. Résister à l'engueulade. En sortir plus forts. C'est cliché mais c'est la réalité.

– Tu te disputes avec Antho ?

Il réfléchit.

– Pas souvent. On n'a jamais eu de vraies raisons de rester fâchés longtemps. Ni lui ni moi n'aimons les embrouilles…

– Elle m'a embrassée.

– Hein ?

– Elisa. Elle m'a roulé une méga pelle. À une fête chez Maureen, en mai.

– C'est pas une engueulade ça !

– Je l'ai giflée. Je l'ai repoussée. Elle est tombée et s'est fracturé le poignet.

– C'était un réflexe. Tu ne l'as pas fait exprès.

Cela me paraît étrange de me confier à lui, de le considérer comme quelqu'un capable de recueillir mes confidences.

– Je lui ai hurlé dessus, alors qu'elle était à terre, en larmes.

– Tu étais surprise.

– Arrête avec ta surprise ! Je l'ai frappée et insultée alors que j'aurais dû lui parler. Depuis que je suis petite, j'ai du mal à me contrôler. Tu te souviens du jour où j'ai planté ma fourchette dans la main de Fabrice Kaplan ? En sixième. À la cantine. Il me rendait folle à me répéter en boucle que j'étais moche et énorme. Ses parents ont failli porter plainte. Ma mère a réussi à calmer le jeu. Et la fois où j'ai poussé Kamel dans la piscine. Lui aussi me cherchait. Sa tête a frôlé le rebord. Le prof m'a collée tout le mois. C'est comme si je ne pouvais pas me retenir. J'essaie, mais j'ai un truc en moi qui cloche et tout part en *live*.

Il se frotte la tête. Il a une masse impressionnante de cheveux bruns et bouclés, qu'il laisse pousser dans tous les sens.

– Elisa, j'aurais pu lui dire qu'on restait amies, et que, même si elle était amoureuse de moi, ça n'allait rien changer. À la place, je l'ai frappée. J'ai craché qu'elle me dégoûtait. Qu'elle était une sale gouine. Tu aurais vu sa tête. Depuis, elle ne m'adresse plus la parole. Au bahut, elle m'a évitée tout le reste de l'année. Elle a sa nouvelle bande, et, quand ils me voient, je sens bien qu'ils balancent des vacheries derrière mon dos et je pense que c'est mérité.

Dans le ciel, un avion. Le bruit se répercute jusqu'à nous. Un faible vrombissement. Le rappel que la civilisation n'est pas loin.

– Je ferai gaffe…

Samy attend que je le regarde pour continuer.

– Quand j'essaierai d'embrasser ton frère, j'espère qu'il ne me cassera pas le poignet.

J'ai cru, l'espace d'une seconde, qu'il allait dire : quand j'essaierai de t'embrasser…

Je le pousse du coude.

– C'est vrai que t'es costaude.

– Ta gueule, Samy ! C'est pas drôle.

Il me saisit par la taille et je ris parce qu'il me chatouille, cet abruti.

– Tout va s'arranger…

L'optimisme de Samy est un peu naïf. Mon amitié avec Elisa est rompue, foutue, terminée. Je n'ai pas su gérer.

Et puis, je ne suis pas quelqu'un de fiable.

Quand Elisa était à terre, à gémir, j'ai senti une joie monter en moi.

Pareil pour Fabrice, avec son sang qui coulait de sa main. Les quatre petits trous bien nets que la fourchette avait laissés. Son nez plein de morve… j'avais jubilé. Et j'avais souhaité la mort de Kamel. Que son crâne se fracasse contre la margelle carrelée.

Personne ne le sait.

Ce ne sont pas des choses que l'on avoue.

C'est à ce moment qu'Antho apparaît :

– On va se balader, bande de blaireaux ? Et vous remarquerez l'allitération en « b » du brave baladin que je suis…

Nous marchons depuis un quart d'heure à peine quand nous apercevons la brebis.

Le sentier qui part de la maison s'élève rapidement et, après la barre qu'il contourne, il se fait moins raide. Nous nous retrouvons sur un autre plateau, assez vaste. Des fils électrifiés courent le long du chemin, fixés par des petits piquets, délimitant ainsi un espace pour les moutons. Ils ne sont pas là, occupés à paître plus haut. Par contre, les marmottes foisonnent. Elles apparaissent, disparaissent, dévalant les pentes, se réfugiant dans leurs terriers, et leurs cris d'alerte accompagnent notre promenade. Je pourrais les observer toutes les vacances sans m'en lasser.

Le torrent coule dans un sillon verdoyant. Rien à voir avec les bouillons impétueux dans la vallée de Saint-Paul. Il est plus modeste, limpide, survolant les cailloux comme pour les caresser.

L'animal se met à bêler au moment où nous allons le dépasser. C'est bien une brebis. Coincée entre deux rochers, presque au niveau de l'eau. Son flanc est ensanglanté. Elle vient à peine de chuter.

– On fait quoi ?

– On l'achève.

L'humour de mon frère. Plutôt qu'une carrière dans la musique, c'est dans le *stand-up* qu'il ferait mieux de se lancer.

– Je vais prévenir les voisins.

Samy s'élance. Il est sportif, sa foulée est ample et régulière. Antho pousse un soupir.

– Je vais avec lui. Tu peux nous attendre là ?

Il s'engage à sa suite sans attendre ma réponse.

Les bêlements de la brebis me fendent le cœur. Sa tête est tordue, ses yeux exorbités. Les sursauts de ses jambes ressemblent à des convulsions et plus elle souffre, plus elle bêle, plus elle tremble, plus le sang jaillit de ses plaies. Je descends les quelques mètres qui nous séparent. Je veux poser ma main sur son corps, pour la rassurer, qu'elle se sente accompagnée, mais la bête émet un son, un bref hurlement, et sa tête bascule en arrière. Elle ouvre la gueule et je crois voir un long serpent glisser, s'extirper d'entre ses mâchoires, s'insinuer entre ses dents, s'échapper jusqu'à moi.

C'est une coulée de sang presque noir.

Je reste immobile. Sonnée. Incapable de réagir.

La brebis tremble à présent. Son bêlement s'est affaibli. Elle n'a plus la force de résister. Sa respiration se fait haletante, irrégulière. Je vois la bave dégouliner de sa mâchoire, ses dents abîmées, ses gencives d'un rose trop vif.

Je n'ose la toucher.

Je n'ose lui parler.

Elle meurt dans ce silence et cette solitude.

Quand les garçons me retrouvent accompagnés du jeune voisin, je ne pleure pas.

8. LES VOISINS

Le garçon s'approche du corps de la brebis et je suis étonnée de la délicatesse avec laquelle il lui caresse la tête. Il a une main courte et épaisse, des doigts aux ongles abîmés et noircis.

– C'est fini. Elle est morte, il constate.

– Je suis désolée.

Il s'essuie le front avec son tee-shirt déjà sale. Un geste qui lui est coutumier à voir les traces sur son visage. Ses yeux bleus ressortent davantage.

– C'est Rosalie. Elle était déjà affaiblie. Au début de l'été, elle s'est fait mal à la patte. Elle boitait et ne suivait plus le troupeau. Elle a essayé, elle était brave, mais j'ai bien vu qu'elle filait un mauvais coton.

Il se relève.

– Merde !

Il ne s'adresse pas à nous. Au bout du sentier, la silhouette de l'homme à la casquette.

– Mon frère ne doit pas la découvrir. Il ne pourra pas le supporter. Il va péter les plombs.

Je sens qu'il est désemparé.

– Je m'en occupe, je lui dis.

Il ne me regarde pas. Son visage est dirigé vers l'animal, comme s'il avait le pouvoir de le ressusciter. Il soupire :

– Je voudrais déplacer le corps. Après, il faudra que je le transporte jusqu'à Saint-Paul.

– On peut t'aider, propose Antho.

Il est farci de défauts, mon frère. C'est un fourbe, un paresseux, un beau parleur, mais il est empreint d'une gentillesse si naturelle que parfois, je ne peux m'empêcher de le trouver chouette.

Rarement, faut pas exagérer.

Le garçon n'est pas en mesure de refuser nos offres. Je m'éloigne déjà lorsqu'il me lance :

– Il s'appelle Camille, mon frère.

– Et toi ?

– Léandre.

Je me dis que c'est un joli prénom.

Je m'avance sur le sentier. L'homme marche lentement, il s'aide de son bâton. Il me voit et j'entends ses « oh, oh, oh » avant de le rejoindre.

– Bonjour Camille, je dis.

– Oh, il me répond.

Sa casquette est blanche à pois rouges. Celle des meilleurs grimpeurs du Tour de France. Ses yeux louchent et c'est vrai que sa bouche est disproportionnée. De la bave se forme à ses commissures. Son nez coule, comme celui d'un gamin qui oublie de se moucher. Il me paraît cependant moins effrayant que la première fois où je l'ai vu. Je fouille dans ma poche et lui tends un Kleenex. Il l'observe.

– Prends, c'est pour toi.

Son sourire s'étale.

– Oh, il fait.

– De rien.

Il l'applique contre son nez et souffle avec application puis replie le mouchoir en trois pour le ranger dans le sac qu'il porte en bandoulière.

– Tu veux bien me raccompagner chez moi ?

Il semble hésiter. Je me retourne. Les trois garçons sont visibles mais pas la brebis. De loin, ils ressemblent à une bande de copains.

– Je n'aime pas trop marcher seule et puis, ils me saoulent les trois, là, avec leurs histoires. Ils se sont bien trouvés.

Camille se dandine sur place, puis il fait demi-tour. Je le suis. Il chantonne. C'est drôle de l'entendre fredonner. De temps en temps, il me pointe du doigt une fleur, une abeille, un papillon, une pierre particulière et attend ma réaction.

– C'est beau, Camille.

– Oh, il gazouille.

Nous arrivons au bord de la falaise. Juste à l'endroit où le chamois s'est trouvé ce matin. Les toits des deux maisons sont bien visibles. L'une adossée à la montagne, en partie creusée dedans. L'autre, plus large à cause de la bergerie, presque parallèle à la nôtre.

– Oh !

– Oui, c'est magnifique.

Je comprends ce qu'il veut me dire. Cela le rend heureux.

La cour de la ferme est surprenante. Je ne l'avais pas imaginée comme ça. Des bacs de fleurs de toutes les couleurs la délimitent. Le jardinier s'est amusé à varier les nuances. Une antique charrette en bois, elle aussi couverte de fleurs, se trouve à côté de la bergerie.

Un puits avec une margelle en pierre en son centre.

Un banc entouré de lierre face aux montagnes.

Contempler le soleil se coucher, embraser les sommets depuis ce banc doit être agréable. On ne peut pas avoir un mauvais fond avec un tel sens de l'harmonie.

La maison est plus importante que la nôtre, plus allongée. Quatre fenêtres à l'étage et un balcon à l'angle. La porte de l'entrée est grande ouverte. Une odeur de pain chaud circule dans l'air.

– C'est bien joli chez vous, je dis.

– Oh, confirme Camille.

Une femme sort sur le pas de la porte. Ses cheveux sont entièrement blancs, une coupe au carré, des rides marquées sur le front, une tache de naissance sur la joue droite, de la taille d'une pièce d'un euro. La même que celle de Camille. Elle s'essuie les mains avec son tablier sur lequel il est imprimé « C'est moi la cheffe ! » en gros. Elle me dévisage en plissant les yeux puis recule et disparaît.

Peut-être est-elle partie chercher un fusil ?

Elle va me canarder parce que je suis entrée sur sa propriété. Je n'aurais pas dû suivre Camille, mais il semble si heureux de me montrer les fleurs de sa cour. Il me les désigne et ses « oh, oh, oh » expriment une joie que je ne veux pas gâcher.

La femme revient.

Sans fusil.

Avec des lunettes qu'elle cale sur son nez et un pot de miel dans la main.

– Plus je vieillis, moins je vois net. Je devrais les garder en permanence mais je les égare sans cesse.

– Oh, je fais.

Voilà que je parle comme Camille.

– Vous êtes de la famille de Simone, c'est ça ?

Je confirme en hochant la tête. Elle me dévisage, comme si elle cherchait des ressemblances. Son front se plisse, sans doute dois-je avoir des traits en commun avec ma grand-tante. Elle recule d'un pas. J'ai l'impression qu'elle n'a qu'une envie, rentrer chez elle, refermer la porte sur moi. Elle n'en fait rien.

– On n'a pas eu le temps de vous saluer, avec les bêtes là-haut et celles qu'on a dû descendre. On a eu un orage terrible, la semaine dernière, et on a dû rafistoler la cabane. Le toit s'est effondré. Léandre court, il monte, il descend, il m'inquiète à ne pas se reposer. La cabane, c'est un peu une catastrophe, il ne peut plus y dormir dans de bonnes conditions et la réparer tout seul, ce n'est pas évident.

Elle s'exprime avec un débit rapide, comme si elle voulait se débarrasser des mots.

Camille s'est éloigné, occupé à suivre un papillon. J'en profite :

– Rosalie est morte. Léandre m'a demandé de raccompagner Camille pour qu'il ne la découvre pas.

La femme a l'air peiné.

– Rosalie… Mince. On s'y attendait mais on espérait qu'elle tienne le coup encore cette année.

– Elle est tombée. On l'a trouvée ce matin dans les rochers, avec mon frère et son ami.

– La pauvrette. J'espère qu'elle n'a pas trop souffert. Camille est attaché aux bêtes. Pour lui, c'est une tragédie chaque fois que l'une d'elles meurt. Quand on s'en sépare, c'est encore pire. Il refuse de nous parler et entame des grèves de la faim qui durent des jours.

– Je suis désolée.

Les seuls mots qui me viennent.

La femme me tend le pot. Un geste brusque. Pas vraiment un cadeau, non. Une obligation. Je ne peux pas refuser.

– C'est de nos abeilles. Le meilleur miel de la vallée.

Je la remercie et recule de quelques pas. Le silence qui s'installe entre nous est très déplaisant. Je cherche une raison pour m'éclipser. C'est la femme qui le brise, avec son débit toujours aussi rapide.

– Vous comptez rester longtemps ici ?

Sa question est limite malpolie. Elle semble en prendre conscience.

– Avec votre tante, on n'était pas d'accord sur tout. Elle était spéciale. Mais je la connaissais depuis des années… Sa mort m'a bien secouée.

Je ne peux me retenir :

– C'est vous qui l'avez découverte ?

Elle saisit que je fais allusion à sa pendaison.

– C'est Léandre. Il vous en parlera peut-être si vous lui demandez.

– Et pourquoi elle était spéciale ?

La femme cherche ses mots. Ce n'est pas un sujet facile.

– Elle a entraîné mon Camille dans ses histoires. Des histoires tordues. Vous l'avez vu, Camille, il est un peu abîmé par la vie. Il a trente ans mais dans sa tête il ne doit pas dépasser les cinq. Je lui en ai voulu, à Simone, parce qu'elle lui a farci le crâne avec ses tours et ses secrets. On a réglé l'affaire. Je ne suis pas rancunière. Il ne faudra pas croire les racontars de certains au village.

Elle se tait.

Camille nous a retrouvées et il écoute les mots de sa mère, la bouche ouverte. Des larmes dans ses yeux.

Je tente de chercher une excuse valable pour m'éclipser. Camille pousse un grognement. Il sort une croix de son sac.

Une croix en bois. La même qui orne les quatre murs du salon où dort Simone. La même qui pend aux clés.

Il me la tend.

– C'est trop gentil, Camille. Je n'en ai pas besoin.

– Oh !

C'est un ordre.

– Il les sculpte lui-même, m'apprend sa mère. Je pense qu'il tient vraiment à vous l'offrir.

Il commence à trépigner, à se balancer d'avant en arrière en gémissant alors j'accepte et récupère la croix. Elle est aussi lourde que celle du porte-clés. Camille se calme aussitôt.

Je m'éloigne.

Un pot de miel et une croix en bois, c'est mon butin de la matinée.

9. LES MORTES DE LA MAISON DES MORTES

Le pick-up de Léandre est un vieux modèle. La couche de poussière sur le pare-brise est si épaisse que les essuie-glaces ne parviennent pas à la décoller. Les portières sont éraflées, le pare-chocs tordu, la vitre arrière fendillée. La couleur de la carrosserie indéfinissable. Un bleu passé, un gris abîmé. Et pourtant Léandre en est fier. Il nous en a fait faire le tour comme s'il nous montrait la huitième merveille du monde. Mon frère et Samy sont tombés sous le charme.

La raison de cet émerveillement est simple : cette voiture lui appartient.

Pour les deux garçons, outre le fait de boire de la bière, posséder un véhicule est un signe notoire d'accomplissement. Ils ont donc passé un long moment à comparer les mérites et les défauts des différentes marques de pneus et Léandre n'a pas été le dernier à participer à cet échange surréaliste pour ceux qui ne sont intéressés ni par le caoutchouc, ni par le taux d'adhérence.

Moi.

Je n'ai pas pu rester.

Pour qui ils me prennent ?

Ils sont revenus juste avant de manger en transportant Rosalie dans une brouette, recouverte par une bâche pour que Camille ne la voie pas. Léandre a placé le cadavre sur le plateau de son pick-up et a proposé aux garçons de l'accompagner au village, après le repas.

À table, Antho et Samy n'ont pas tari d'éloges sur lui. Il savait tout faire, bricoler, conduire, gérer son troupeau et en même temps, il étudiait comme un acharné parce qu'il avait été accepté en prépa-maths à Marseille. Parlaient-ils du même garçon qui nous avait si mal accueillis hier ? J'ai trouvé leur engouement un peu trop rapide. Je leur ai signalé que je n'étais pas comme eux, une girouette. Le gars n'avait pas été trop poli. Certes on lui avait rendu un service et il nous devait bien cette reconnaissance, mais de là à en faire notre ami pour la vie…

« Viens avec nous, tu pourras juger par toi-même. », m'a proposé mon frère.

J'ai accepté. Un peu par ennui.

Beaucoup par curiosité.

Les amortisseurs n'amortissent plus rien et je me retrouve ballottée, secouée, entre Samy et Léandre. Ils rient à gorge déployée comme des gamins dans les autos tamponneuses. Mon frère est sur le plateau à l'arrière et lui aussi s'esclaffe, accroché à la rambarde.

Le nuage de poussière que nous laissons derrière nous ressemble aux tourbillons que les flammes doivent former en enfer.

Lorsque nous atteignons le village, je laisse les garçons dans la petite coopérative. Je n'ai pas trop compris les démarches administratives, mais Léandre doit déclarer la mort de son animal et remplir un formulaire. Je m'assois sur le rebord de la fontaine et guette le chien sanglier, et son jeune maître au coquard. Ils ne sont pas là aujourd'hui. Le soleil est haut dans le ciel et me réchauffe. C'est doux et léger, grâce au vent qui souffle à peine. Je ferme les yeux. Le clapotis de l'eau sonne comme une douce mélodie. Au loin, des cris de marmottes, aigus et vifs.

J'entends une voix : « Hé, jeune fille ! »

C'est Fabien.

À l'entrée de son gîte, il est entouré de plusieurs personnes et les éclats de leur discussion parviennent jusqu'à moi. Fabien ponctue ses paroles de grands gestes que son public semble ravi d'applaudir. Une des femmes rit même un peu trop fort. Au bout de quelques instants, le groupe se sépare. Fabien reste seul, planté devant la porte. Sa tête pivote vers moi. Je me dis qu'il a eu conscience que je l'observais et qu'il en a rajouté, juste pour que j'apprécie le spectacle. Que je mesure sa popularité. De loin, il est imposant. Une force particulière émane de lui. Il me salue d'un geste de la main et j'ai un drôle de pressentiment. Peut-être à cause de son regard. Insistant. Contredisant son sourire amical. J'ai envie de me lever, m'éloigner, mais c'est trop tard, il s'avance vers moi.

– C'est la fin de notre réunion. Nous avons monté une association avec des membres de la commune.

– Super.

Ma voix est atone, pour qu'il comprenne à quel point je n'en ai rien à faire, de son groupe.

– Une association pour promouvoir la vallée et préserver la nature. Perpétuer les traditions ancestrales.

– Génial.

Il n'est pas bête. Il va comprendre que je n'ai pas envie d'engager la discussion avec lui. Mais non. Il s'entête.

– Alors, elle est comment, la maison ?

– Bien.

Les manches de sa chemise ne sont pas retroussées. Je ne peux pas voir son tatouage.

– C'est tranquille, là-haut… On pourrait s'y croire seul au monde. C'est limite un peu effrayant, non ?

– Oui.

Ne comprend-il pas que je n'ai pas envie de poursuivre ? Je jette des coups d'œil derrière lui pour vérifier si les garçons ne sont pas encore sortis de la coopérative.

Il s'installe près de moi.

Collé à moi.

Vraiment très, très près.

Son sourire me fait froid dans le dos. Tous les bienfaits du soleil s'évanouissent. J'ai l'impression d'être engluée dans une matière visqueuse.

– Vous avez rencontré Helena ?

– Qui ?

– Helena Moreaux. La maman de l'imbécile heureux et du petit con prétentieux.

Il doit sentir que ses propos me hérissent parce qu'il rectifie aussitôt.

– Je plaisante, bien entendu. Ce pauvre Camille est handicapé et Léandre rêve de faire des études supérieures. En vérité, je suis un peu moqueur mais je trouve que c'est fantastique, d'avoir de l'ambition.

Je me décale un peu. Légèrement. Il place sa main sur ma cuisse. Juste au-dessus de mon genou.

– Helena vous a raconté, pour la maison des mortes ?

– Non…

– Ah ! Elle aurait pu vous en faire, des confidences. C'est tout à son honneur, ma foi…

Il fait exprès de prendre son temps pour attraper une cigarette dans sa poche, pour l'allumer avec son briquet en se penchant derrière mon dos, m'effleurant au passage.

– Vous permettez… C'est à cause du vent…

S'il me touche encore une fois de la sorte, je le mords.

– On dit « la maison des mortes », mais c'est la maison des brûlées qu'elle devrait s'appeler.

Il sait y faire. Ma curiosité est piquée au vif.

– Pourquoi ?

Il aspire une longue bouffée de sa cigarette qui rougeoie, se reflétant dans ses yeux, comme un brasier minuscule et sournois.

– Les vieux meurent. Avec leur mort, c'est tout notre passé qui s'efface. Perpétuer la mémoire, c'est notre devoir.

Les traditions sont au cœur de notre histoire. Je me targue d'être un gardien de ces traditions... Notre vallée est spéciale.

Il me saoule, avec son cours de philosophie. C'est évident qu'il prend son pied à s'écouter parler.

– Pendant la guerre, il y avait un maquis, là-haut.

Il m'indique la montagne dans son ensemble, comme si tout le massif avait résisté.

– Les hommes qui luttent sont des héros. Je peux te tutoyer ? Tu es encore une jeune fille. Tu as quel âge ?

J'hésite à lui donner le moindre renseignement sur moi. Je lâche du bout des lèvres :

– Seize ans, dans deux mois.

– Elles devaient être à peine moins âgées que toi, les filles. Elles étaient cinq, je crois. Entre dix et quinze ans. Cachées dans le trou. Tu l'as découvert, le trou ?

Sa question est purement rhétorique. Il n'attend pas de réponse. Je ne sais pas ce qu'est ce « trou ».

– Juste avant la libération, quelqu'un les a dénoncées. La milice est montée. C'était la fin du printemps. Faudra revenir au printemps. C'est la plus belle saison pour apprécier notre coin. Une explosion de fleurs. Un pur bonheur. Ta grand-tante était toute seule là-haut, avec son père. Un Italien. Qui parlait mal le français mais arrachait les pierres à la terre comme personne. On les avait laissés tranquilles toute la guerre même si on savait qu'il se tramait des choses, on voyait des gens aller et venir. La nuit surtout.

Il reprend une bouffée de sa cigarette qui se consume vite. La cendre s'éparpille dans l'air, s'accrochant à mes cheveux.

– Donc la milice est montée. La milice, ou les Allemands, je ne sais pas. Je n'y étais pas bien sûr. C'est mon père qui me l'a raconté, qui le tenait de son propre père. Ils ont sorti les filles cachées. Des juives ? Des Espagnoles ? Des petites de résistants ? C'est un mystère. Ils les ont frappées puis aspergées d'essence. Ils ont mis le feu à leurs corps. Brûlées vives. Les cinq. Les flammes étaient visibles d'ici, à ce qu'il paraît. Tu peux imaginer. Puis ils ont embarqué l'Italien. Le père de Simone. Elle, ils ne l'ont pas dénichée. Elle n'a dit à personne où elle s'était planquée le temps de la tuerie. Certains racontent que c'est elle qui a vendu les filles…

Il s'interrompt, savourant le suspense qu'il distille dans ses révélations.

– Franchement, moi, je n'y crois pas. Elle aimait son père à la folie. Sa mère n'avait pas survécu à sa naissance, son frère s'était barré à la ville. Miglio était son héros. C'est à ce moment qu'elle a commencé à perdre la tête, d'ailleurs. Il n'est jamais rentré des camps. Simone, elle a enterré les cinq corps toute seule. Quelque part autour de la maison des mortes. Tu comprends le nom, maintenant.

J'acquiesce à contrecœur. Il écrase sa cigarette et garde son mégot dans la main. Il me le désigne :

– Les mégots mettent dix mille ans à disparaître dans la nature. Dix mille ans ! Quand je vois les touristes les balancer, ça me met dans une colère noire. Pour dire la vérité, c'est comme les histoires dans les villages. Elles mettent dix mille ans à s'éteindre. Et comme les âmes qui errent. Elles mettent dix mille ans à s'apaiser.

Il se lève.

– Tiens, tes amis arrivent. Il te tardait de les retrouver, non ?

Je ne sais pas quoi répondre. Derrière lui, les silhouettes des trois garçons s'avancent vers moi.

– Tu lui racontes quoi comme conneries ?

La voix de Léandre me fait presque sursauter.

– Comment va ton frère, Léandre ?

– Il t'emmerde.

Je comprends que je ne suis pas la seule à ne pas apprécier Fabien.

10. LES TOMBES

Je plonge dans un sommeil profond, le même que la nuit précédente. C'est comme si ma conscience abdiquait toute volonté.

Lorsque je m'éveille, c'est encore la nuit. Impossible de savoir l'heure. J'ai encore une fois oublié de refermer les volets, emportée par ma fatigue. La lune, petite virgule fragile, n'éclaire pas grand-chose. Les masses obscures des montagnes semblent plus proches. Des présences penchées sur nos minuscules existences.

De la chambre des garçons provient un concert de ronflements. Même endormis, ils composent. Du côté de ma mère, le silence.

Je me tourne et me retourne dans mon lit. Impossible de me rendormir. Une étrange énergie parcourt mon corps, m'insufflant une force inhabituelle. Je décide de me lever.

La maison grince, comme si elle accompagnait mon mouvement, s'accordait à mon humeur.

Les vieilles maisons craquent. Inutile de s'inquiéter.

Ne pas avoir peur.

Ne pas céder à la superstition.

Le couloir me paraît plus long, étiré, et sous mes pieds, le parquet n'est plus tout à fait aligné. Un effet de l'obscurité que seule la lumière de ma frontale éclaire. Un crépitement curieux se fait entendre. Il se détache des autres petits bruits et je tente de ne pas y faire attention, mais c'est plus fort que moi. La peur soudain m'envahit. Une peur irrationnelle. De gamine qui entend un craquement sous son lit et se dit que les esprits des morts l'entourent. Que leurs âmes maudites viennent la chercher et l'emporter. Que la lutte est vaine, perdue d'avance.

Je continue d'avancer pourtant, défiant mon angoisse, concentrée sur ce crépitement qui vient d'en bas. Je veux savoir. Comprendre. Ma main suit le mur pour m'éviter de tomber. L'escalier est très raide. La pénombre de la cuisine est traversée par des lueurs rougeâtres. Je ne rêve pas. Quelque chose bouge dans cette pièce. Je manque presque une marche, occupée à distinguer ces reflets pourpres sur le carrelage.

Arrivée au bas des marches, je respire.

Je suis ridicule.

Le feu que nous avons allumé dans la cheminée après le repas ne s'est pas éteint et bruisse délicatement. Les braises répandent des éclats moribonds.

Je me retiens de rire. C'est si facile de sombrer dans la psychose, de s'imaginer des histoires terrifiantes.

Le chat miaule et se frotte contre ma jambe. Je ne l'avais pas vu avant et le prends dans mes bras. Il apprécie, colle sa truffe contre ma joue.

– T'es pas sauvage, toi. D'où tu débarques ?

Dans ses yeux miroitent les restes du feu. Des taches irisées qui lui donnent un air un peu spécial. Je le repose à terre. Il se dirige vers le cellier, se plante devant la porte et miaule plusieurs fois d'un ton plaintif.

– Tu as faim ?

Je comprends le Camille, je m'entraîne à présent à traduire le chat.

– C'est dans le cellier qu'on a rangé la nourriture, tu t'en es aperçu !

Je lui libère le passage. Il hésite, comme s'il réfléchissait aux conséquences de ses actes. Je m'engage la première et tâtonne pour découvrir l'interrupteur. C'est un vieux modèle, un clapet à abaisser qui résiste un peu avant de céder.

L'ampoule qui éclaire la petite pièce est faible. Cette partie de la maison a été creusée dans la roche. Les parois sont celles de la montagne. L'odeur qui y règne est différente de celles des chambres. Plus minérale. Plus humide aussi. Le sol est couvert par des planches taillées grossièrement.

Des étagères bancales, en fer, servent de garde-manger. Une collection de bouteilles en verre s'étale, en compagnie de bocaux vides. Des outils dépassent d'une caisse.

Le chat se met à gratter le sol, près de cette caisse. Il agite la queue en poussant des petits cris. Dans l'antique frigidaire, je lui dégote des miettes de thon. Je les place dans le creux de ma main. Il ne s'y intéresse pas, occupé à râper le bois, à redresser la tête, à me fixer. Il renouvelle son manège à plusieurs reprises. Une attitude inhabituelle chez un chat, c'est le moins qu'on puisse dire.

Je ne trouve rien de particulier là où il s'acharne à planter ses griffes. Peut-être que les lattes sont plus foncées, un peu enfoncées, mais je n'en suis pas sûre. Je le récupère et nous sortons du cellier. Il pousse une sorte de râle peu aimable et s'éloigne, boudeur.

Je passe quelques instants devant la cheminée puis j'ouvre la porte d'entrée. L'air froid me saisit. L'aube n'est pas loin et déjà, le ciel commence à perdre de son mystère. Les étoiles pâlissent, conscientes de leur effacement prochain.

C'est à ce moment que l'idée se forme, quand la nuit perd de sa puissance et que la lumière éloigne les peurs.

Trouver l'endroit où Simone a enterré les cinq filles.

Juste par curiosité.

Une curiosité peut-être malsaine. Mais quoi, c'était quand même l'histoire de ma grand-tante…

Bien entendu, j'ai raconté aux autres ce que Fabien m'a expliqué. La fin tragique des cinq filles. Le père enlevé par les nazis et déporté. Les corps que Simone a dû enterrer toute seule, quelque part dans la montagne.

« Tout devient clair. Elle portait une telle culpabilité d'avoir survécu à ces événements qu'elle a sombré dans la folie. », a affirmé ma mère, heureuse de trouver une explication rationnelle. « C'est sa conscience qu'elle entendait, les fantômes de sa douleur qu'elle apercevait. La pauvre femme. Elle a dû souffrir. »

Ma mère s'est interrompue pour tremper ses lèvres dans son café. Elle a pris son temps pour demander, d'un air le plus naturel possible :

« C'est tout ce qu'il t'a raconté, Fabien ?

– Non, il a demandé ton numéro puis il s'est souvenu que les téléphones ne passaient pas.

– Tu es bête ! »

Je propose aux garçons de venir avec moi arpenter les alentours. Antho commence par refuser. Il veut jouer de la guitare toute la journée. Il est en mode « compo », mais Samy l'incite à m'accompagner dans ce qu'il appelle : « la grande quête des cinq mortes ».

J'ai éveillé sa curiosité sans doute.

En début d'après-midi, nous nous retrouvons à crapahuter un peu partout sans savoir exactement ce que nous cherchons.

Des croix ? Des tombes ? Plus de soixante-dix ans se sont écoulés depuis les événements. La nature a repris ses droits et effacé les traces.

Nous quittons le sentier qui mène à l'endroit où la brebis a chuté pour remonter à flanc de montagne vers la barre rocheuse. Antho a réfléchi et est arrivé à la conclusion que Simone n'a pas pu transporter cinq corps toute seule. Elle a dû les enterrer à proximité de l'endroit où on les a brûlés. Nous aurons une meilleure vue en nous élevant.

Je m'essouffle quand même au bout d'un moment, à grimper ainsi. Je ne suis pas la plus grande sportive de la terre. Samy s'arrête et m'attend alors que mon frère trace sans se soucier de moi.

Évidemment, nous ne voyons rien de particulier. Léandre est parti tôt ce matin avec son troupeau. Dans la voiture, après la rencontre avec Fabien, il a prévenu les garçons et leur a proposé de les emmener là-haut, un de ces jours. Il s'est adressé à eux comme si je n'existais pas. J'ai répondu à leur place : « Avec plaisir. »

La rougeur qui avait envahi ses joues m'a mise en joie.

S'il faisait exprès de m'ignorer, c'était raté.

On suit un chemin de biquettes qui traverse un pierrier et nous fait contourner un éboulis de roches impressionnant. On ne perd pas de vue la maison.

Samy a apporté une gourde et du chocolat. Nous nous asseyons sur une dalle. Il me tend l'eau en premier :

– Honneur aux filles.

Antho lui jette un drôle de regard. Lui aussi, il s'aperçoit des changements de son ami à mon égard. L'année dernière, jamais il ne m'aurait calculée de la sorte. Il hésite avant de lui balancer une remarque puis décide de se taire. Et se gave de la tablette sans m'en proposer un carré.

Je remercie Samy et nos mains se touchent quand j'attrape la gourde. Un creux dans mon estomac se forme. Ridicule ! C'est Samy ! Le meilleur ami de mon frère. Que je fréquente depuis ma petite enfance. Que j'ai déjà vu nu. Dont je connais les défauts. Il est capable de réciter l'alphabet jusqu'à la lettre « Q » en rotant. Il pisse en écrivant son prénom sur le sable. Entre douze et seize ans, son visage et son dos se sont constellés de boutons d'acné pas très ragoûtants. Ses chaussettes sont toutes trouées au niveau de son gros orteil droit.

Nous rencontrons Camille plus tard dans l'après-midi. Il se promène avec son éternel sac, sa casquette qui aujourd'hui est rouge. Il n'est pas en forme. Il ne nous salue pas, plongé dans la contemplation d'une coquille d'escargot vide. Je ne m'imagine pas lui demander s'il sait où sont enterrées les filles.

Nous ne renonçons qu'à la fin de la journée, après avoir exploré une large zone autour de la maison, tenté de sonder la terre, remué des branches, effrayé des marmottes par centaines, atterri dans le ruisseau. Samy m'a arrosée, je lui ai rendu la monnaie de sa pièce en le poussant dans l'eau. Antho nous a observés, un peu distant.

En m'endormant, je me dis que c'est à la voisine que je devrais m'adresser. C'est elle qui connaissait le mieux Simone.

Mais depuis notre arrivée, elle nous évite. Les volets de la façade tournée vers nous sont toujours clos. Ça aussi, c'est étrange.

11. LE TROU

Mon cœur. Incontrôlable. Battant la chamade. Impossible de le calmer.

Je me réveille.

Haletante.

Ce n'est pas un rêve.

Je suis debout, pieds nus, dans mon long tee-shirt qui me sert de pyjama, face au cellier.

J'ai descendu les escaliers sans m'en rendre compte.

Je deviens folle ? Somnambule ?

Dans ma main, un couteau.

Le couteau à pain. Le plus gros de la boîte à couteaux.

La surprise me fait presque hurler. Je parviens à me contrôler. Je le pose à terre comme si c'était une bombe, sans faux mouvements, attentive à ne pas le faire tomber.

Dans mon autre main, la croix en bois de Camille. Je l'ai laissée traîner dans ma chambre, sans lui prêter attention, recouverte par mes vêtements que j'empile, au grand désespoir de ma mère qui ne supporte pas mon sens inné de la pagaille.

La cuisine est plongée dans l'obscurité. Nous n'avons pas allumé de feu, ce soir, un courant d'air glace mes jambes. La porte du cellier est entrebâillée.

L'air froid vient de là.

Le chat s'y trouve. Il miaule, il m'appelle. Son ton est impérieux.

En dépit de toute la terreur qui me dicte de fuir, de remonter dans ma chambre, de prévenir ma mère parce que ce n'est pas normal, de se réveiller la nuit avec un couteau et une croix, je m'avance. Lentement. Un pas après l'autre. Guidée par les miaulements du matou.

Le cellier est encore plus sombre que la cuisine et lorsque j'appuie sur le taquet de l'interrupteur, il s'écoule une seconde sans que la lumière ne s'allume. Une seconde où je sens une caresse sur ma joue. Une présence indéfinie qui me soulève légèrement les cheveux.

La faible clarté me permet de discerner une toile d'araignée.

Le chat est au même endroit que la veille, là où il a voulu gratter les planches au sol. Je vois l'anneau.

Hier, il n'était pas là, je peux le jurer. Mais la caisse à outils a été déplacée de quelques centimètres.

Un anneau en métal affleure là où se dessine la trace carrée d'une trappe.

Je respire longtemps pour reprendre mes esprits. L'odeur a changé dans la pièce. Je perçois des effluves de terre mouillée, comme après la pluie, dans la forêt, quand le sol se gorge d'eau et que l'humus se gonfle.

Le chat s'enroule autour de mes chevilles. Sa fureur de la nuit dernière l'a quitté.

Je me penche et glisse deux doigts dans l'anneau. Impossible de soulever la trappe. Elle est coincée ou je ne suis pas assez forte. Le chat miaule en continu comme pour m'encourager, alors je remplace mes doigts par la croix en bois. Elle est suffisamment longue pour que je la tienne par les côtés. Je soulève la plaque. Elle cède.

La trappe masque un trou.

Si j'étais courageuse, j'y aurais plongé le regard.

J'aurais ignoré cette frayeur qui me coupe le souffle. Un sentiment qui m'oblige à m'asseoir par terre. Mes jambes ne me portent plus. Mes bras tremblent. Des larmes envahissent mes yeux.

Sans raison véritable.

Un affreux pressentiment. Mon ventre se serre, je suis prise d'un hoquet douloureux. J'en perds presque le souffle et je tente de remplir mes poumons mais je n'y parviens pas.

Le chat me marche dessus. Délibérément. Il m'enjambe à plusieurs reprises. Je ne réagis pas alors il se plante devant moi et attend.

Son ronronnement a un effet apaisant sur moi. Lentement, je me redresse, il se dégage en miaulant doucement. La lumière de la pièce clignote. Je regarde dans le trou.

Impossible d'y distinguer quoi que ce soit.

Peut-être est-ce un ancien puits ? Pas d'échelle visible, pas de rebord. Juste de la roche taillée.

Des sons confus me parviennent, les plaintes du vent qui s'engouffre, échos distordus de mon souffle irrégulier. C'est comme si le trou était à mon écoute.

La seule chose à faire, c'est de prévenir les autres. Je quitte la pièce, remonte au premier étage. Ma mère dort profondément. Je me dirige vers la chambre des garçons, en récupérant ma frontale. Anthony occupe presque tout le lit, étalé comme une étoile de mer. Cela ne dérange pas Samy, roulé en boule sur lui-même. Je le secoue en premier. Il ouvre un œil et se redresse aussitôt.

– Quoi, tu es malade ! Tu fais ton cauchemar ?

Il a déjà assisté à plusieurs de mes crises et je pense que cela l'a plutôt traumatisé, vu sa réaction.

– Non, faut que vous voyez quelque chose.

Il jette un coup d'œil à la montre qu'il conserve à son poignet.

– À trois heures du mat ?

– Oui.

– Et tu crois que ça vaut la peine de réveiller ton frère ? Parce que si on le sort des limbes et que c'est rien, il va nous pourrir le reste de notre journée. De nos vacances. De nos vies. Tu le connais !

– Fais-moi confiance.

Il secoue mon frère par l'épaule, en douceur. Comme il n'obtient aucun résultat, il le pince dans le gras du bras tout en m'expliquant que c'est le seul moyen efficace.

Anthony émerge de son sommeil comme un nageur en apnée jaillit de la mer après une longue plongée. Il nous fixe quelques secondes avec une mine épouvantée. Il balbutie un pauvre : « Vous faites quoi, là ? »

Je lui explique alors que j'ai trouvé un trou dans la maison. Une trappe que nous n'avions pas vue.

– Putain, tu fais chier, Eva. Tu pouvais pas attendre ?

Je secoue la tête. Non. C'est urgent. Je passe sous silence le couteau et la croix en bois. Ces détails ne sont pas forcément utiles.

Les escaliers craquent sous nos pas lorsque nous nous dirigeons les uns derrière les autres vers le cellier. Samy aperçoit la lame par terre. Il me la désigne. Je hausse les épaules.

Anthony s'immobilise devant le trou, observe la trappe, la rabat, la relève.

– Comment on a fait pour pas la voir, le premier jour ?

Je n'ai pas de réponse.

– C'est quoi ce truc ? C'est creusé dans la roche. On dirait un puits. C'est suffisamment large pour qu'on puisse s'y glisser mais on ne sait pas si c'est profond.

Samy se penche. Anthony lui tend une petite cuillère.

– On va pas balancer ça ?

– On va se gêner.

Samy jette la cuillère. On attend moins de deux secondes avant qu'un son nous parvienne.

– Pas trop profond.

– Non. J'ai l'impression que c'est plus l'entrée d'une galerie que d'un puits.

– Une galerie ? Pour quoi faire ?

S'ils se lancent dans leur spécialité, la comparaison des mérites et des défauts des galeries souterraines mystérieuses que l'on trouve dans les vieilles maisons, je hurle. Samy change de sujet :

– Peut-être que les filles sont enterrées là ?

– Tu veux dire qu'on vit au-dessus de cinq corps ?

Je sens mon cœur s'accélérer.

– Techniquement, ce ne sont plus des corps. Des squelettes plutôt.

Le ton raisonnable de mon frère.

– Des ossements.

– Pas grand-chose.

– Un résidu d'ossements.

– Des miettes d'ossements.

– De la poussière d'ossements.

Je me retiens pour ne pas en pousser un dans le trou. Samy s'en aperçoit et décide de calmer le jeu :

– Demain, on s'équipe et on y descend.

– Il nous faudrait une corde. Il devait y avoir une échelle fixée avant, il en reste des traces. Mais elle n'existe plus.

Je vois en effet des moignons de métal rouillés dépasser.

– Dans la matinée, on demandera à Léandre. Il doit avoir tout le matériel nécessaire pour nous aider.

Ils s'organisent déjà, sans me demander mon avis, comme si c'étaient eux qui avaient découvert le trou.

Ils n'entendent pas les sifflements et les murmures qui en proviennent, qui montent jusqu'à moi, me serrent la gorge et me donnent envie de fuir.

12. LE SECRET

Ne pas prévenir ma mère me paraît évident.

Elle n'est pas au mieux de sa forme.

Ce n'est pas la première fois.

Je me doute du genre de soucis qui doivent la tourmenter. Toujours les mêmes.

Rapport à mon père.

Rapport aux grondements de voix que mes parents tentent de contenir depuis plusieurs mois en s'enfermant dans le studio d'enregistrement.

Rapport à cette pauvre mine qu'elle affiche quand le facteur ne dépose pas de lettre dans la boîte, au bout du sentier.

Rapport à sa façon de se regarder dans le miroir, de se tirer la peau, de soupirer comme si elle constatait que les ravages de l'âge s'accélèrent. Alors que pas du tout. Elle est belle, ma mère.

Elle a dépoussiéré le vieux fauteuil et l'a placé sur la terrasse, face au soleil et aux montagnes, ses lunettes teintées au bout de son nez, à portée de main la crème protectrice et sa réserve de bière qu'elle descend un peu trop rapidement à mon goût.

Alors lui confier que nous avons trouvé une trappe qui masque un trou mystérieux, que c'est peut-être l'endroit où des filles brûlées vives par les nazis pendant la Seconde Guerre mondiale ont été enterrées, ne me semble pas une bonne idée.

Chez les voisins, nous ne trouvons personne.

Anthony frappe à la porte à plusieurs reprises.

– Peut-être que Camille et sa mère ont rejoint Léandre, il suggère. Il avait du mal à réparer le toit tout seul.

– Peut-être qu'ils se cachent pour pas nous voir, je rajoute.

Ma blague tombe à plat.

Le silence dans la cour est impressionnant, comme si le temps s'était suspendu. Seul le battant d'un volet mal fermé frappe contre le mur, poussé par le vent. Je sens un frisson me parcourir la nuque, comme un mauvais pressentiment. Encore un. L'idée s'impose : nous ferions mieux de renoncer. Inutile de tenter le diable à chercher les traces d'un passé malheureux. Pas envie de tomber sur des restes de corps. Notre entreprise est plutôt glauque, si on prend le temps d'y réfléchir.

Mais Anthony n'a pas l'intention de reculer. Il se souvient que sur le plateau du pick-up de Léandre se trouve une corde. Il grimpe à l'arrière du véhicule et la brandit d'un geste victorieux.

Nous passons derrière ma mère le plus discrètement possible. Cette précaution est inutile, elle dort d'un sommeil de plomb.

Nos frontales n'éclairent pas le fond du trou. J'ai la curieuse sensation de sonder un abîme sans fin qui va nous engloutir.

– On peut attacher la corde nulle part, constate Samy après avoir fait le tour de la pièce.

– Facile, l'un d'entre nous la tient pendant que les deux autres descendent, dit Anthony avant de me fixer.

– Quoi ?

– C'est toi la plus légère.

Je fais semblant d'applaudir.

– Quel sens de l'observation incroyablement développé !

Mon frère ignore mon ton sarcastique.

– Tu t'engages en premier, Samy. Eva te suit. Je suis le plus fort, je suis capable de vous retenir.

– Et quel sens de la modestie !

Il continue sur la lancée :

– Si jamais il y a un problème, vous tirez deux fois sur la corde.

– Il n'y aura pas de problème.

– On ne sait jamais, frère !

Je tente encore une fois d'observer le fond du puits avec ma petite lampe, mais rien. Juste le halo lumineux effleurant une surface impénétrable. La main de Samy posée sur mon épaule me fait sursauter.

– Allons-y alors.

Anthony enroule la corde autour de sa taille et balance l'autre extrémité dans l'ouverture. On n'entend aucun bruit qui confirme que le bout a atteint le sol.

Samy la saisit. Je le devance sans prendre le temps de réfléchir. Les garçons n'entendent pas les sons étranges qui montent jusqu'à moi. Ces sifflements, presque des voix. Je crois percevoir mon nom, *Eva, Eva*. Impossible de résister à cet appel.

Et puis, c'est moi qui me suis réveillée la nuit armée d'un couteau.

Le trou m'a appelée. Choisie.

J'ai la croix de bois dans ma poche. Un talisman. Une protection.

Le trou m'attire à présent. Ma peur est assourdie, sans que je comprenne pourquoi. Ce que je dois faire : m'enfoncer dans l'opacité du puits sans me poser de questions. Samy me regarde et l'étonnement que je lis dans ses yeux est presque comique. Il ne s'attendait pas à ce que je descende la première. Il me retient :

– Tu es sûre ? Ça va aller ?

Je ne lui réponds pas et me colle à la paroi, mes jambes engagées dans le vide. Je tire sur mes bras, je cale mes pieds dans des crevasses. Une descente en rappel, comme en EPS, sur les murs d'escalade. Samy m'encourage mais je n'ai pas besoin de lui, de sa gentillesse. Le vent, encore une fois, me tourne autour, fait voler mes cheveux. *Eva, Eva*.

Un refrain que les autres n'entendent pas.

Je touche le sol et respire profondément avant de lever la tête. Quatre, cinq mètres me séparent de la surface.

Je distingue au-dessus les deux visages des garçons penchés vers moi.

– Alors ?

– Alors ça va.

– Tu vois quoi ?

L'éclairage de ma frontale est vraiment très faible, je distingue à peine ce qui m'entoure. Je me trouve dans une petite salle ronde, percée dans la pierre comme le cellier. Sur ma droite, une faille étroite mais suffisamment haute pour qu'un homme puisse s'y glisser sans se courber.

Je suis tellement absorbée par le lieu que je n'entends pas Samy me rejoindre, je sursaute quand il me chuchote :

– Ne t'inquiète pas.

Il décrit à Anthony ce qui nous entoure et ajoute :

– On va explorer le boyau, voir plus loin.

La voix de mon frère nous parvient, exagérément étouffée.

– Prévenez-moi si ça craint !

Samy me prend la main. Il a une poigne ferme et délicate à la fois.

– Viens, il me souffle.

Il s'engage le premier dans l'étroit passage, son bras tendu derrière lui pour que je le suive.

L'air est plus vif dans la galerie. Tout mon corps est en alerte. Au sol, le relief se fait plus irrégulier et glissant. Une légère pente nous entraîne vers l'avant. Nous nous enfonçons dans le cœur de la montagne. Le taux d'humidité en atteste. Le plafond est parsemé de stalactites que nous devons éviter parfois.

On pourrait marcher des heures et des heures, perdre la notion du temps.

Samy s'immobilise brusquement et quand sa main me quitte, je suis comme abandonnée. C'est un sentiment ridicule, j'en ai conscience, mais j'ai envie qu'il me tienne à nouveau. C'est la première fois que je ressens ça.

Et je réalise que je déteste.

Être dépendante d'un désir. Comme Elisa qui n'a pas pu s'empêcher de m'embrasser. Qui a tout gâché entre nous deux. Comme ma mère qui ne peut pas vivre sans mon père. Elle court après l'amour et exige sans cesse des preuves. Je voudrais ne rien éprouver, jamais, ou alors tout contrôler. Choisir. Décider. Traverser la vie froide et insensible, capable de mépriser tout ce grouillement d'émotions.

– C'est incroyable !

Il se décale pour que je puisse voir à mon tour.

Nous sommes arrivés dans une vaste salle. Une grotte, deux fois plus grande que le salon de la maison. Une grosse stalagmite, plate et presque rectangulaire comme une table, trône en son centre.

– C'est quoi ce truc ?

Dans le silence dense de la cavité, les ombres aux murs dessinent des contours qui s'animent quand nous nous déplaçons.

– C'est peut-être préhistorique, avance Samy.

Ses yeux sombres sont des soleils noirs. Ils lancent des étincelles qui me transpercent.

Je n'ai plus peur.

Une sérénité étrange m'envahit.

Ce calme que j'éprouve à la fin de mes crises, quand mon corps a été tellement malmené qu'il se détend. J'ai conscience du sourire de folle qui me monte aux lèvres.

La table au centre brille. Elle ressemble à de l'ivoire, blanche et lisse, marbrée d'un réseau de veinules à peine plus foncé. Je m'en approche lentement, fascinée.

Samy détache sa lampe de son front pour scruter la pénombre tout autour.

– Pas de tombes, pas de traces de corps. C'est impossible d'enterrer quelqu'un ici.

Toujours captivée par la brillance de la stalagmite, je ne lui réponds pas. Sa forme rappelle celle des autels, dans les églises.

– Regarde ! s'exclame Samy.

Face à nous, des blocs de cailloux, de rochers, un tas effondré.

– Je pense qu'il y avait une autre voie, là. Et qu'elle a été obstruée par l'éboulis.

Je ne m'intéresse pas au tas de pierres. Seule la table centrale retient mon attention. Elle m'attire. Je ne peux pas lutter. Je m'avance et me penche jusqu'à ce que mes doigts en effleurent la surface. Sa température me surprend. Elle n'est ni froide ni humide. Une chaleur émane d'elle, une chaleur d'être vivant. Je peux presque percevoir les pulsations d'un cœur minéral enfoui en son sein. Le désir monte. Le même que tout à l'heure. Toucher, être touchée. M'allonger dessus. Ôter mes vêtements. Que ma peau soit en contact avec cette pierre. Mon dos, mes fesses, mes seins, mes jambes.

– Eva, tout va bien ?

Je cligne des yeux. Samy me dévisage et mon désir s'emballe. C'est violent. Ça me broie le ventre. Je pourrais le frapper, le pousser comme j'ai frappé Elisa. Poings serrés. Pour blesser. Faire saigner. Ou l'enlacer. Lui. Le coucher là, sur cette table si parfaite pour nous. Me serrer contre lui. L'embrasser jusqu'à le mordre.

Je plante mes ongles dans la paume de mes mains. La douleur m'arrache à cet état.

– Regarde !

Il ne s'est rendu compte de rien et me désigne un livre, posé sur le sol, juste devant les pierres écroulées.

13. LES VOIX

– Putain, *Tom Sawyer* !

Nous sommes remontés. Je suis parvenue à me hisser sans l'aide de mon frère et je suis assez fière, même si mes genoux ont frotté contre la paroi. Je saigne légèrement. Le prix du risque et de l'effort.

Samy a ramené le livre avec lui. La couverture est rongée par l'humidité, les pages sont cornées, certaines feuilles partent en lambeaux. Mais le titre est parfaitement lisible.

Les Aventures de Tom Sawyer, de Mark Twain.

Le gamin malicieux sur la couverture nous défie du regard. Nous l'exposons au grand jour. Depuis combien de temps était-il plongé dans le noir ?

Mon frère n'en croit pas ses oreilles.

– Donc, ça ressemble à un réseau de grottes qui s'enfonce dans la falaise ? C'est dingue d'imaginer que l'accès se fait par notre maison ! Elle est construite dessus ! Et vous n'avez rien vu ? Pas de traces des corps, pas de squelettes mais à la place un bouquin qui a l'air de dater de l'Antiquité et une table de sacrifice rituel en marbre blanc qui garde la chaleur et reflète une lumière qui n'existe pas !

– Ils lisaient pas *Tom Sawyer* dans l'Antiquité ! rétorque Samy.

– Ils faisaient pas des offrandes humaines aux dieux, dans l'Antiquité ? balance mon frère.

– C'était pas du marbre blanc.

– J'ai pas le droit d'extrapoler ?

Je les interromps :

– Qu'est-ce qu'on fait ?

C'est une bonne question. Ils se taisent et contemplent Tom Sawyer, comme s'il allait nous donner des directives.

– C'est peut-être là que les filles étaient cachées, pendant la guerre ?

Ce n'est pas la réponse que j'attends mais Samy a sans doute raison.

– Et l'une d'entre elles lisait ce livre.

Samy reprend le bouquin. Il l'ouvre et pointe du doigt la date d'édition. Mai 1938.

Nous n'avons pas embarqué n'importe quel livre.

Mon cœur se serre. Penser qu'il a appartenu à l'une des jeunes filles qui a connu une fin si horrible m'attriste. J'ai moi-même lu *Tom Sawyer* en sixième et j'ai adoré cette histoire.

Nous devons prendre une décision. Je propose aux garçons de ramener la corde et de tout raconter à notre mère. Conclure ici notre enquête. Et peut-être lui demander si elle envisage de rester encore longtemps dans la région. Il est temps de rentrer chez nous.

Le soleil me fait cligner des yeux. Le fauteuil sur la terrasse est vide. Pas de trace de ma mère. Des mouches bourdonnent autour de sa bouteille de bière vide. Je l'appelle. Elle ne répond pas.

Les deux garçons sont près du pick-up. J'entends Antho crier mon nom. Je sens une pointe d'inquiétude s'éveiller en moi.

Mon frère et Samy me tournent le dos. En s'écartant, Samy dévoile la présence de Camille.

Quand il m'aperçoit, il se met à battre des mains. Je hâte mon pas pour les rejoindre puis interroge Anthony :

– Qu'est-ce qu'il y a ?

Il me désigne Camille du menton.

Le pauvre bave et répète en murmurant :

– Eva, Eva, Eva.

Je ne sais pas comment réagir.

– Je suis là, Camille. Tout va bien.

Il secoue la tête.

– Eva, Eva, Eva.

Puis sans prévenir, il saisit ma main et m'entraîne avec lui. Je manque trébucher tellement il tire fort.

– Lâche-la ! vocifère Samy.

– Non, je lui lance, ça va.

Il ne me veut aucun mal. Il continue à répéter en boucle « Eva, Eva, Eva » et je tente de l'apaiser.

– Tout va bien Camille !

Il ne me regarde pas et fonce vers le fond de sa cour. Nous dépassons les bacs à fleurs. L'herbe est plus haute et je bute sur des mottes de terre. Camille me tient toujours. Les garçons nous suivent juste derrière. On se croirait dans un film. La fille qui se fait kidnapper par le fou, poursuivie par ses sauveurs.

Brusquement, il cesse de courir.

Je lui rentre dedans. Mon frère et Samy s'immobilisent à un mètre.

– Eva.

Je ne comprends pas tout de suite ce qu'il me désigne du doigt.

Cinq bosses recouvertes d'herbe.

Cinq petits tumulus érodés par le temps, à peine visibles si on n'y prête pas attention.

Le torrent juste en dessous. Les deux maisons qui les surplombent.

Pas de croix, pas de dalle pour marquer l'emplacement.

– Eva.

– C'est là que les filles sont enterrées, Camille ?

Il pousse une longue plainte et entoure sa tête avec ses bras. Un geste de protection. Je n'ai pas le temps de réagir. Il se redresse et me fixe. Ses yeux sont exorbités, la salive lui coule le long du menton. J'ai peur qu'il ne fasse une crise.

– Eva, il répète.

Mais ce n'est pas sa voix.

Je me raidis. Le silence autour de nous n'est pas normal. Les oiseaux ont cessé de chanter. Plus un bruit. Même ma respiration me semble étouffée.

– Tu es enfin là, il dit.

Le son fluet de sa voix n'a rien à voir avec la sienne. Il parle comme une vieille femme.

– C'est ma faute, petite, et ce sera la tienne aussi.

Samy se déplace. Il s'approche de moi. D'un geste, je lui intime de ne plus avancer.

– Arrêtez, hurle Camille. Arrêtez, je vous en supplie, arrêtez ! Vous me faites mal !

Une autre voix. Moins aiguë mais toujours féminine.

Un nuage masque le soleil. Le vent se lève. Les herbes hautes qui nous entourent sont fouettées par de soudaines bourrasques. Presque le début d'une tempête, quand on sent que des forces violentes vont se déchaîner et tout ravager.

– Ne le laisse pas faire !

Cette fois, la voix de Camille est plus posée. Même son regard a changé. Il me regarde.

– Tu le sais. Il t'attend. Il te veut.

– Qui ? je demande.

– Le trou.

Des larmes sur ses joues. Il ne les essuie pas.

– C'est par lui que tout commence. C'est par lui que tout prend fin.

– Je ne comprends pas, Camille.

– Pas Camille. Ce n'est pas Camille. Ne vois-tu pas que ce n'est pas Camille ? Absolument plus Camille. Qui est Camille ? Tu es Camille ?

Il grimace une sorte de sourire qui dévoile ses dents tordues.

– Tu dois refuser.

C'est une enfant qui parle.

– Je dois refuser quoi ?

Le hurlement de Camille me vrille les oreilles. C'est un cri inhumain, la somme de plusieurs voix qui se fondent dans une longue plainte. Il se plie en deux. Je fais un geste pour l'aider, il me repousse.

– Tout commence et tout finit ici !

Il s'écroule et je lis la douleur dans son regard. Une douleur telle qu'il n'existe pas de mots pour l'exprimer. Je comprends qu'il s'enfonce dans un océan de tourments, qu'il va s'y noyer et que ce n'est pas la première fois.

Je touche sa poitrine et le mal m'envahit.

Il me le transmet.

Le même que celui de mes rêves. Celui dans lequel je me sens mourir.

J'étouffe et il étouffe aussi. Nous sommes seuls, plus rien autour de nous. Que les vagues de souffrance qui déferlent jusqu'à nous faire perdre conscience.

Je tombe à ses côtés.

Il ne réagit pas.

Je le fixe et je l'entends alors même que sa bouche est fermée.

– Sauve-toi. Sauve-nous.

14. LE POW-WOW

Je ne m'évanouis pas immédiatement.

Mon frère me soulève, il m'exhorte à tenir bon. Mon corps se raidit. Je vais convulser. Là. Maintenant.

Camille est déjà en train de se tordre. Il bat des pieds et des mains. Samy recule. Ne pas intervenir dans une crise est la seule façon d'agir.

Je maintiens le contact avec le regard de mon frère. Je me sens partir. Être absorbée par le noir, par le silence, par cette présence sournoise qui me guette chaque fois. Sauf qu'aujourd'hui, je sais que je ne suis pas seule. Camille m'accompagne.

Ma gorge se serre. J'étouffe.

Ce n'est pas de la musique que j'entends.

Pas un son harmonieux mais une succession de bruits sourds. Des cris ? J'ouvre les yeux. Je me trouve dans ma chambre. Le vent gonfle le voilage à la fenêtre entrouverte et les reflets du soleil à travers les vitres jouent sur le mur, s'amusant à scintiller et à clignoter comme sur la surface d'un lac.

Des bêlements de moutons.

Le ciel d'un bleu serein.

Une odeur de foin coupé.

Je me redresse. Je n'ai mal nulle part. Et je me sens plutôt bien. Fatiguée mais détendue.

– Vous comprenez ma colère !

Une voix furieuse provient de la cuisine. Je n'ai pas de mal à l'identifier. C'est la mère de Camille et Léandre. Elle a enfin trouvé le chemin de la maison. Je tends l'oreille.

– C'est un cauchemar ! Par votre faute, nous sommes replongés dans les mêmes horreurs et je ne supporterai pas de revivre ce que nous avons vécu ! À cause de Simone ! À cause de votre retour !

– Écoutez…

Ma mère a ce ton raisonnable qu'elle adopte quand elle veut éviter de hurler.

– Vous savez bien que nous n'y sommes pour rien, madame, et vous avez vu qu'Eva en a souffert également. Elle fait des crises depuis qu'elle est petite, nous avons, nous aussi, notre lot d'inquiétude.

– Je m'en fiche, de votre fille. Je m'en fiche, de votre vie. Je ne veux pas que vous bouleversiez la mienne. Nous avons trop enduré, trop perdu, trop pleuré.

– Je comprends.

– Vous ne comprenez rien du tout. Simone a entraîné Camille dans son histoire. Cette folie ! Vous ne savez pas, vous débarquez ! Chaque fois qu'elle le menait aux mortes, il s'évanouissait. Les mêmes convulsions que tout à l'heure. J'ai interdit à Simone de le voir. De lui adresser la parole. Elle a détruit le peu de raison qui animait mon grand. Et aujourd'hui, c'est votre fille qui recommence ! J'ai essayé de respecter les convenances, mais elle n'a pas pu s'empêcher de tout recommencer...

– D'après mon fils, c'est Camille qui serait venu les chercher pour...

Helena la coupe :

– C'est trop facile de mentir.

– Mon fils n'est pas un menteur !

– Le mensonge, ça circule dans le sang.

Ma mère éclate de rire. Je sais que c'est sa défense.

– Nous n'allons pas nous insulter, madame. Nous ne nous connaissons pas. Restons dans les limites de la civilité.

Un silence suit ces paroles. J'entends des bruits de pas. La voix d'Helena me parvient par la fenêtre ouverte.

– Je ne veux pas que vos enfants s'adressent aux miens. Je l'interdis. Jusqu'à ce que vous fichiez le camp d'ici. Vous apportez le malheur, rien que le malheur ! Votre famille est maudite ! Votre sang est damné !

– C'est entendu, madame.

La politesse de ma mère est aussi insolente que le ton de la voisine est agressif.

Le silence après le tumulte. Ma mère remue en bas, elle fait couler de l'eau. L'antique plomberie dans les murs gémit, réticente au moindre effort, coincée et rouillée.

Le chat passe dans le couloir et s'immobilise sur le palier. Il m'observe, comme s'il voulait juger de l'état de ma santé. À peine ai-je cligné des yeux qu'il s'éclipse sans un bruit.

Mon frère apparaît dans l'encadrement de la porte, suivi par Samy. Ils sont restés dans leur chambre le temps de l'altercation.

– Tu vas mieux ? il me demande.

Je hoche la tête.

– Et Camille ?

– Ça craint pour lui. On l'a porté jusqu'à son lit. Il était lourd, on a eu du mal. Le medecin qui est venu était plus inquiet pour Camille que pour toi. Camille a perdu connaissance longtemps. Sa mère est furax. Elle a refusé que son fils parte à l'hôpital et elle pense que c'est ta faute.

– Oui, j'ai entendu.

Samy avance jusqu'à moi. Il semble nerveux.

– Tu m'as fait peur, il finit par lâcher.

Et il me serre dans ses bras.

Un geste brusque, pas calculé. Je me retrouve le nez collé contre son épaule, dans une position inconfortable. Il sent la menthe et la sueur. Un mélange agréable. Sa pression est forte. Son corps est épais et solide.

– Tu m'étouffes, je bredouille.

Il se dégage d'un coup, sans doute aussi surpris que moi par ce qu'il vient de faire. Nous demeurons l'un en face de l'autre dans un silence gêné.

Anthony se racle la gorge.

– Si je suis de trop, faut me prévenir…

L'heure du *pow-wow* familial arrive. La grande réunion pour les grandes décisions.

Nous nous rassemblons autour de la table de la cuisine après avoir montré le trou à ma mère. Elle ouvre des yeux de merlan frit. Le notaire ne lui avait pas parlé de cette entrée, ni de ses ramifications dans la montagne. Elle écoute également le récit de la transe de Camille devant les tombes des filles. Son discours décousu avant sa crise.

Elle se sert un verre de rhum. Une sacrée dose.

– Puisque nous en sommes aux grandes révélations, elle formule, vous pouvez lire ça.

Elle sort une enveloppe de sa poche.

C'est l'effet de l'alcool, je me dis. Ma mère ne semble pas prêter d'importance à ce qui s'est déroulé dans le champ. Elle ne s'inquiète même plus pour ma santé, obnubilée par ses histoires, son chagrin, sa déprime. Son désintérêt me donne la nausée. Qu'elle s'étouffe avec l'une de ses gorgées de rhum, qu'elle finisse seule, sans personne pour l'aimer. Ni mon père, ni mon frère, ni moi. C'est ce qu'elle mérite. L'abandon le plus total.

Je jette un coup d'œil à l'enveloppe. Peut-être est-ce la lettre que la grand-tante lui a laissée et que j'aurais bien aimé lire. Mais non.

L'écriture de mon père. Fine et déliée, penchée en arrière. Une graphie de vieux, qui ressemble de loin à de la dentelle.

Je n'ose pas bouger. Mon frère détourne la tête.

– Je l'ai reçue aujourd'hui. Pendant que vous jouiez à faire parler les esprits…

Je l'interromps :

– Tu crois vraiment qu'on jouait, maman ?

Elle émet un petit rire.

– Le pauvre Camille. Je pense que c'est sa maladie. Mais sa mère est dans le déni. C'est plus facile d'accuser les autres que d'affronter sa culpabilité.

– Maman, je m'écrie, il a vraiment changé de voix ! Tu n'étais pas présente, c'était impressionnant. C'était réel.

– Ouh, je vais m'emparer de ton âme, jeune fille ! Tu te prends pour Simone ? C'est la malédiction familiale dont elle parle dans sa lettre, cette vieille folle !

Elle roule des yeux, fait mine d'avoir des griffes aux doigts.

Je hausse les épaules et attends des renforts du côté des garçons. Comme à son habitude, Antho observe en silence. Samy n'ose rien dire.

– Et nos crises simultanées ? On a quand même convulsé en même temps. Comment tu expliques ça ?

– Tu es trop sensible, Eva. Il a dû te communiquer son stress.

– N'importe quoi !

Elle se lève, son verre à la main, comme pour porter un toast.

– Il était quoi, possédé ? Ma grand-tante s'est réincarnée en lui pour mieux nous hanter ?

Je me tais.

Ma mère attend un peu, consciente de l'impact de ses paroles sur nous.

– Ne soyons pas crédules, les enfants. On a affaire à des gens qui vivent isolés, qui s'inventent des histoires pour pimenter leurs longues soirées d'hiver. Je suis désolée pour ce pauvre Camille, pour sa mère qui a l'air bien brave. Dans une autre vie, on serait peut-être devenues amies. J'aurais pu me confier à elle. Elle m'aurait raconté ses malheurs en échange. On aurait pleuré sur nos destinées dévastées…

Elle boit cul sec et s'essuie les lèvres du revers de la main.

– Maintenant, lisez la lettre. La lettre que votre père a eu l'amabilité de m'envoyer.

Je n'esquisse pas un geste.

– Non, maman.

Elle sourit.

– Tu ne veux pas lire tous les mots d'amour qu'il m'adresse ?

– Tu as un peu trop bu…

– Et alors ? J'ai pas le droit moi aussi ? Il passe son temps à picoler, avant et après les concerts. C'est convivial. C'est un artiste. Mais vous l'admirez, vous le portez aux nues. Vous lui trouvez du talent. Moi aussi. Je l'aime à cause de cette aura qu'il dégage, votre père. Cette magnifique aura, ce charisme maudit de musicien. Il lui suffit d'esquisser un sourire pour que je lui pardonne tout. Tous ces mensonges et ses tromperies qu'il n'a plus l'élégance de me cacher…

Je ne peux m'empêcher d'intervenir :

– Ce sont vos affaires, maman.

– Il demande le divorce. Ce salaud !

Mon frère se lève et quitte la pièce. Monsieur l'ambassadeur ne supporte pas les conflits et quand la guerre est déclarée, il fuit. Samy ne sait pas quelle contenance adopter. Il joue avec des miettes de pain. Ma mère ne paraît pas avoir conscience de la gêne qu'elle provoque.

Elle reprend :

– Le divorce ! Par écrit. Comme un lâche. Il ne m'aime plus. Il désire vivre autre chose, s'épanouir ailleurs. Maintenant que nos enfants sont grands… Il se casse. Je suis trop vieille. Trop usée.

Elle est pathétique, avec ses airs de reine détrônée. Elle m'énerve, à se resservir à boire ainsi, avec un tremblement des mains qui montre à quel point elle est fragile.

La colère monte en moi. Puissante. Une vague qui me soulève. Je la connais bien. La même chaque fois. Que je ne peux contrôler. J'ai envie de cracher sur elle. Qu'elle réalise toute sa nullité et sa faiblesse ! J'ai honte du rôle qu'elle se donne, celui de la femme qui n'a que ses larmes et sa bouteille pour se consoler. Je pourrais lui crier qu'elle est égoïste. Incapable de s'intéresser à autre chose qu'à sa petite personne. Qu'elle n'a pas écouté une seule de nos paroles, occupée à se lamenter sur son sort, comme toujours.

Ma respiration s'accélère. Un léger vertige, la terre qui tangue. Ma gorge qui se serre. Le début d'une crise. Ne pas convulser ! Ne pas m'évanouir ! Sur l'égouttoir, un couteau. Celui que j'avais dans la main lorsque j'ai découvert la trappe. Une lame effilée. La lumière s'y reflète étrangement, produit des éclats violents qui m'éblouissent presque.

Ma mère continue à se plaindre. Je n'entends plus que les battements de mon cœur affolé.

Je m'avance. Trois pas vers l'évier. Elle pleure. Remplit son verre. Boit. Folle. Nulle. Égoïste.

Samy me bloque le passage. Il me souffle :

– Eva, tu fais quoi là ?

Je ne sais pas. Je le jure. Je le regarde et découvre un grain de beauté juste sur sa tempe, masqué par une mèche. Parfaitement rond. Parfaitement beau. Ma tension se relâche, je peux respirer normalement.

Ma mère me tourne le dos, elle ne s'est aperçue de rien.

15. LE RENDEZ-VOUS

La lettre traîne un peu sur la table puis finit par disparaître sans que l'un d'entre nous la lise.

L'ambiance de la soirée est d'une tristesse pesante. Ma mère s'est enfermée dans sa chambre après sa déclaration. Je tente de l'attirer en bas au moment du dîner. Antho et Samy ont préparé un repas mais c'est peine perdue.

Je me plante sous les étoiles. Une brume légère s'est répandue, filtrant leur lumière. Je me sens comme placée sous un dôme en verre, séparée du ciel par cette paroi invisible.

Pour la première fois, une des fenêtres est éclairée chez les voisins. Je vois une silhouette se mouvoir derrière les rideaux. Ceux-ci s'écartent. Léandre me fait face. Nous sommes à une dizaine de mètres l'un de l'autre. Je crois qu'il va me faire des reproches ou, pire, m'insulter. Il se contente de me saluer d'un signe de la tête.

– Ça va ? je lance.

– Et toi ?

Sans attendre ma réponse, il jette un coup d'œil derrière lui, sans doute pour s'assurer qu'il est bien seul.

– On se voit demain, il chuchote.

– Quoi ?

– Demain, il répète. Au bal du village. C'est la Saint-Amour. On s'y retrouve vers vingt-trois heures. Je dois vous parler.

Il referme les volets sur ma stupeur.

Dans mon rêve, le crochet où s'est pendue la grand-tante me parle.

C'est un crochet très intelligent, en métal, accroché à la poutre juste au-dessus de ma tête. Il est d'humeur bavarde et ne peut retenir ses confidences.

Il m'avoue qu'il regrette de n'avoir pas cédé sous le poids de Simone. Elle ne pesait pas plus lourd qu'un coucou, la pauvrette, à force de ne manger que des biscottes et des amandes. Personne ne peut tenir avec des biscottes et des amandes. Et son petit verre de génépi. Elle aimait le génépi. Elle en gardait toute une réserve dans un compartiment secret de la commode. Il suffisait de pousser le fond, une simple planche dissimulait la planque. Un génépi qu'elle préparait elle-même. L'endroit où poussaient les plantes était aussi un secret qu'elle gardait précieusement. Ce génépi, c'était une gourmandise délicate qui lui permettait de tenir le coup les soirs où les mortes lui tournaient trop autour.

Il bredouille un peu, j'ai du mal à le comprendre : les mortes revenaient pour la voir. C'est le principe des revenantes, elles reviennent. Elles ne voulaient surtout pas entrer dans le trou. Qu'il s'ouvre à nouveau, ce serait une catastrophe. L'invasion du mal. Il devait rester clos pour que la mort et l'horreur ne se répandent pas sur la terre. Elles ne voulaient pas disparaître et souffrir pour l'éternité.

Et puis, le crochet a l'air de se dévisser, quelques petits tours à gauche et à droite. Sa dernière confidence ressemble plus à un ordre, ce qui de la part d'un crochet est un peu surprenant : Eva, ne fais pas de mal à l'enfant !

Ma mère se trouve dans la cuisine. Ses yeux sont gonflés d'avoir pleuré. Je demeure face à elle, ignorant quels gestes accomplir. C'est désarçonnant de devoir consoler ses parents. Peut-être qu'elle est là, la fin de l'enfance ? Ce moment où on réalise que ceux qu'on croyait solides, indestructibles, peuvent s'effondrer.

Plus une trace de ma colère.

Elle s'aperçoit de mon trouble mais ne tente pas de me rassurer. Je la serre dans mes bras. C'est l'unique chose à faire. Elle résiste un peu puis s'abandonne.

Antho se joint à nous et nous restons tous les trois enlacés, à nous balancer légèrement. Samy nous découvre ainsi. Ma mère lui tend la main. Il la saisit. Il paraît ému et troublé, alors ma mère l'attire à nous.

– Tu fais partie de la famille, Samy, tu le sais…

Le sifflet de la bouilloire sur le gaz l'interrompt, une longue stridulation, comme pour moquer ses propos.

Nous prenons la décision de rentrer à la maison en milieu de semaine, dans deux, trois jours pour éviter les éventuels embouteillages des week-ends. Le temps de s'organiser.

Je comprends que pour ma mère, s'organiser, c'est préparer ses arguments quand elle reverra notre père. Affûter sa défense.

Le retenir. L'empêcher de partir.

– Et puis, ce soir, il y a un bal au village, elle affirme avec un enthousiasme un peu forcé. J'ai vu l'affiche quand nous sommes arrivés le premier jour. Le 9 août, la Saint-Amour. C'est une bonne idée de fêter l'amour. C'est exactement ce dont j'ai besoin.

Son sens de la dérision est de retour.

Je préviens les garçons que Léandre nous a donné rendez-vous dans la soirée.

– Et si c'était pour nous péter la gueule ? Je suis lâche, je serai incapable de me défendre, Eva. Je préfère la fuite. Tu as vu comme il est balaise, Léandre.

– Il n'avait pas l'air en colère, Antho.

– C'est peut-être une ruse. Une embuscade. Il va nous tailler en pièces avec ses copains.

Je repousse les théories vaseuses de mon frère. Lui et Samy se consacrent à leur musique tout l'après-midi. Je reste sur la terrasse, en compagnie de ma mère. Elle fume trop, boit encore. Ce n'est pas la première fois que je la vois noyer son chagrin dans l'alcool mais jamais à ce point. Je sens la fébrilité l'envahir, lui grignoter son sourire, même si elle essaie de donner le change.

Les volets de la maison voisine restent clos.

Samy prend le volant. Ma mère a déclaré juste avant qu'elle voulait bien lui céder la place. C'est quand même un grand événement. Antho s'écrie « ola », en levant les bras, comme s'il était dans un stade de foot, en plein délire de supporter.

Samy adopte une mine sérieuse et concentrée, ce qui ne me rassure pas du tout. Il sifflote pour se donner un air dégagé, mais le sens de la responsabilité lui crispe la nuque.

Le village est entièrement illuminé. Des lampions multicolores sont déposés un peu partout. Nous nous garons avant l'entrée et descendons à pied le reste du chemin. La place est bondée. Une foule compacte se serre autour de la fontaine et sur le côté, une estrade a été dressée. Une batterie et des instruments n'attendent que les musiciens.

Un petit groupe d'adolescents me dépasse. Des garçons, des filles. Ils se connaissent et rient fort. J'ai l'impression qu'ils m'observent à la dérobée. Ils se taisent quand je m'approche d'eux.

Je remercie mon sens aigu de la paranoïa de favoriser ainsi mon intégration.

D'où viennent-ils, ces gens ?

Je n'imaginais pas que Vollière puisse contenir autant d'habitants, puis je comprends qu'il doit s'agir en grande partie de touristes. Le gîte de Fabien, ses chambres d'hôtes, le camping de Saint-Paul… Les randonneurs sont montés jusqu'ici pour célébrer la Saint-Amour. Les occasions de faire la fête ne sont peut-être pas si nombreuses dans le coin. Je croise deux hommes aux cheveux blancs, et eux aussi me fixent. L'un d'eux baisse les yeux quand il s'aperçoit que je les ai remarqués. Le deuxième me fait un signe de la main. Je ne réagis pas.

J'anticipe la trajectoire de mon frère et son ami. Ils vont d'abord se rendre au bar, commander deux bières, puis ils se planteront devant l'estrade pour observer les guitares, commenter les mérites et les défauts de la basse et du synthé.

J'ai un don de divination : c'est exactement ce qui arrive.

Je m'éloigne de ma mère qui discute avec des inconnus, ce qui est sa spécialité – communiquer avec les étrangers et croire en la fraternisation universelle, un verre à la main. Fabien les rejoint, jaillissant de je ne sais où, et j'entends des exclamations : « Enfin le voilà ! » Ma parole, il était attendu comme le messie ! Il serre des mains, embrasse une femme et lorsqu'il se tourne vers ma mère, il paraît si heureux de la découvrir que cela me gêne.

Pas elle. Au contraire. Elle semble ravie de cette rencontre.

Faut dire que dans ces lumières, cette ambiance un peu spéciale, comme en dehors du temps, même moi je le trouve pas mal. Un peu attirant.

Il se dégage de lui quelque chose de magnétique. Je me force à ne plus les observer et poursuis mon chemin.

Un peu plus loin, à l'angle d'une maison, je vois le chien sanglier qui grogne en m'apercevant. Ses babines remontées dévoilent des canines pointues. Le garçon est à ses côtés, assis en tailleur par terre, la tête collée à celle de l'animal. Il aurait pu grogner de la même façon et me montrer les crocs, cela m'aurait paru cohérent.

Il pleure.

De grosses larmes, pleines du malheur qu'on peut éprouver à dix ans.

Je m'approche. C'est plus fort que moi. Sans doute l'influence de ma mère et de sa foi en l'humanité.

– Hé, petit, ça va ?

Il ne m'accorde pas un regard. Je fais un autre pas. Le chien se redresse, comme pour me prévenir qu'avancer encore est un risque qu'il vaut mieux ne pas encourir.

– Pourquoi tu pleures ? Je peux t'aider ?

À ce moment, il dit :

– Non, toi, tu peux pas.

Sa voix est étranglée, noyée par ses sanglots.

Je vois le pansement qui entoure son avant-bras. Une bande sale qui masque mal les rougeurs formées sur sa peau.

– Qu'est-ce qui t'est arrivé ?

Sa réponse fuse :

– Casse-toi ! Barrez-vous ! Foutez le camp !

Le chien aboie. Une de ses pattes racle le sol. Le gamin rampe, se redresse. Son bras est bien enflé mais je ne peux distinguer sa blessure.

Et je comprends soudain qu'il n'est pas en colère.

Il a peur. Comme l'animal. Ses lèvres tremblantes, ses yeux larmoyants révèlent toute l'ampleur de sa détresse d'enfant.

Il s'enfuit en courant, le chien à ses trousses. Je les regarde disparaître, happés par l'obscurité qui nous entoure.

La première détonation résonne comme un coup de tonnerre, se répercute sur les flancs des montagnes, se perd dans leurs tréfonds. Un jaillissement lumineux se répand dans le ciel, des flammèches rouges et blanches y tracent des sillons éphémères. Des salves colorées sorties de la bouche d'un monstre qui se réveille…

16. LE BAL DES AMOURS

Le feu d'artifice ne dure pas longtemps. Cinq minutes de belles bleues, de belles rouges dissoutes dans l'immensité. Un grondement étrange persiste, comme si le corps des montagnes recevait les déflagrations, les absorbait et les conservait quelque part dans ses profondeurs pour mieux les recracher un jour.

Puis le bal débute. Trois musiciens et une chanteuse qui déroulent le meilleur des chansons populaires dans un anglais approximatif et un français saturé de larsens.

Quelques gamins massés devant l'estrade sautent dans tous les sens. Pour eux, c'est le bonheur absolu. Les gens sont plus occupés à boire et à discuter qu'à danser. Je repère les garçons, un gobelet recyclable à la main. Samy m'adresse un sourire. Il n'écoute plus vraiment Anthony qui ne s'en formalise pas, m'observe à son tour comme s'il me découvrait pour la première fois.

– On se retrouve devant la chapelle, plus bas.

La voix de Léandre à mon oreille. Le temps que je me retourne, il s'est déjà éloigné.

Je fais un signe à mon frère pour qu'il me rejoigne. Il ne paraît pas comprendre tout de suite. Samy réagit le premier et nous nous dirigeons vers l'entrée du village. La rue principale vire vers la droite. Les habitants ont accroché aux portes des décorations. Des fleurs nouées en forme de cœur, des guirlandes qui s'entrelacent, pendent des fenêtres tel du lierre desséché. Léandre est assis sur le banc, juste en face de la chapelle. Une minuscule bâtisse à la forme arrondie. Quand il nous aperçoit, il se lève. Un lampadaire nous éclaire de son halo, traversé de papillons de nuit affolés, attirés par la lueur. Les frémissements électriques des battements de leurs ailes claquent dans la nuit.

Nous restons face à face quelques secondes, sans parler. La musique nous parvient par vagues, atténuée, ponctuée d'éclats de voix.

– Léandre, je te préviens tout de suite, je suis contre toutes les formes de violences, décoche mon frère.

Ce qui a pour effet de détendre l'atmosphère. Léandre pousse un soupir.

– Et vous aviez envie de danser, peut-être ?

Antho et Samy en rajoutent dans leurs mimiques déçues, genre « On n'attendait que ça ! »

J'observe Léandre, ses longs cils qui bordent ses yeux clairs. Une sensation indéfinissable m'envahit. Une sorte de tressaillement auquel je ne m'attendais pas. C'est inapproprié et déplacé, totalement décalé par rapport à la situation que nous vivons. Je ne peux m'empêcher de détailler la courbe de ses lèvres pleines et le pli qui se forme sur sa joue. Une fossette. Captivée par une fossette… C'est ridicule.

Personne ne semble s'en apercevoir, ce qui me rassure.

– Quand ma mère est en colère, elle peut devenir très agressive, lance Léandre.

Mon frère saisit la perche tendue avec un bonheur évident :

– Quand ma mère est en colère, elle peut devenir dangereuse.

– Quand ma mère est en colère, elle peut dire n'importe quoi, poursuit Léandre.

– Ma mère dit n'importe quoi, même quand elle n'est pas en colère.

Samy intervient :

– C'est bon, là, on a compris !

Je me dis qu'il doit se sentir exclu de leur joute puis je réalise que c'est un sujet délicat. Je ne sais pas comment elle est morte, sa mère. Mon frère n'en parle jamais en ma présence.

Entendre les deux autres critiquer leur parent ne doit pas être facile pour lui.

Le silence s'installe entre nous, et j'ai brusquement envie de rentrer. Ne pas écouter les paroles de Léandre. Fuir, partir, quitter ce village, ces montagnes, avant qu'il ne soit trop tard.

– Je voulais qu'on s'explique, reprend Léandre. La crise de Camille devant les tombes a rendu ma mère malade. On a vécu des sales moments avant. Camille et votre tante, c'était compliqué. Leur relation était spéciale. Elle était très attachée à lui.

– En quoi ça nous regarde ? je lui demande à brûle-pourpoint.

Il pousse un soupir en se passant la main dans les cheveux.

– C'est pas moi qui ai sauvé Simone.

– Je ne vois pas le rapport !

Mon ton est un peu agressif, je le sens bien, mais je ne peux pas me retenir.

– On vous a dit que je l'avais trouvée pendue dans sa chambre, c'est ça ?

– Oui ! Ta mère me l'a dit !

Le regard de Léandre se perd puis se pose sur moi, presque à regret.

– J'étais dans ma chambre, à la Toussaint. Je rentre toujours de l'internat pendant les vacances. Pour aider ma mère avec les bêtes avant l'arrivée de l'hiver. Souvent, il y a des trucs à bricoler, le bois à couper. Elle a besoin de moi. C'était tard. Minuit passé. Mon frère a surgi comme un fou devant moi.

Léandre se tait et attend qu'on réagisse, mais aucun d'entre nous n'émet la moindre remarque.

– Il n'est pas fou mon frère. Au contraire. Il est vraiment intelligent. Il voit les choses en profondeur, par-delà les apparences. Il comprend très bien. Il ne faut pas s'arrêter à ses expressions ou à son langage.

– On n'a rien dit, précise mon frère.

– On n'en doute pas, ajoute Samy.

– Il n'est pas né comme ça. À six ans, il est tombé du toit. Son visage a touché le sol en premier. Il s'est explosé le crâne. Ma mère l'a cru mort. Les vieilles priaient toutes pour lui. Ici. Dans la chapelle. Elles se sont réunies et pendant des jours, elles ont supplié Dieu, Jésus, ses saints, je ne sais pas qui d'autre pour que ça fonctionne. Il est revenu à lui mais il avait perdu l'esprit. Un morceau de son esprit.

Le souffle du vent balaie sur son front une mèche de ses cheveux. Il continue de me fixer pendant qu'il parle, comme si les deux autres n'étaient pas présents.

– Ce soir-là, il est entré dans ma chambre, affolé, et m'a secoué. Il ne parle pas mais il sait se faire comprendre alors je l'ai suivi. Nous sommes sortis en courant. Il s'est dirigé vers la maison de Simone. Depuis que ma mère l'avait menacée, elle ne descendait plus nous voir, évitait Camille. Pourtant ils étaient proches… Le lien qui les unissait était si bizarre. On avait l'impression qu'ils se parlaient vraiment. Moi, elle ne m'a jamais trop calculé. La porte était fermée à clé. Je n'ai pas pu l'ouvrir. Camille tambourinait et s'agitait. Il pleurait même. Ça m'a inquiété. Je ne voulais pas qu'il crise. Alors j'ai brisé la vitre de la fenêtre et je suis entré. Mon frère m'a suivi. On est montés. J'ai vu le corps qui se balançait encore…

Sa voix se fait plus rauque.

– Ses pieds dans le vide. Sa tête penchée. Elle venait tout juste de se pendre. Elle se secouait dans tous les sens parce que mourir pendue, ça ne se fait pas en douceur. Je l'ai maintenue. Je l'ai soulevée et j'ai crié à Camille qu'il m'aide. Je ne pouvais pas la tenir tout seul. Il n'a pas bougé. Il avait la bouche grande ouverte et je l'ai entendu parler. Mon frère. Il a dit une phrase que je me repasse en boucle depuis. *Je veille*. C'est ce qu'il a marmonné avec une drôle de voix. *Je veille sur la suivante*. Puis il a souri, il a caressé la peau de Simone, ses pauvres jambes, ses pieds nus. Il m'a aidé à la détacher. Elle avait perdu connaissance et je n'étais pas sûr qu'elle soit encore vivante ou qu'elle puisse tenir le coup longtemps. Ma mère est descendue au village. On a pu prévenir les secours. Vous voyez, ce n'est pas moi qui l'ai sauvée, Simone.

– Pourquoi tu nous racontes ça ? je demande.

– Votre tante, on l'appelait la maudite, quand j'étais petit. La maudite des mortes. Les gens parlaient d'elle, ici. Pas que des belles choses. Fabien n'est pas le dernier à colporter des ragots. Ne vous fiez pas à ses manières. Je ne l'ai jamais apprécié. Je crois qu'il en veut à ma mère d'avoir acheté la maison voisine de celle de votre tante. Il avait des vues sur le terrain. C'est quelqu'un d'important, dans la vallée, Fabien, et peut-être qu'il n'a pas supporté que ma mère ne le considère pas aussi bien que les autres. Simone ne le supportait pas non plus. Je les ai entendus se disputer plusieurs fois. Fort. Ce n'était pas mes affaires, mais elle l'envoyait paître et lui revenait toujours.

– Pourquoi tu nous racontes tout ça ? interroge Anthony à son tour.

– Le jour où votre tante s'est pendue, Camille a senti qu'elle était en danger. Je ne comprends pas comment c'est possible. Un sixième sens, une prémonition… Le lien incompréhensible entre mon frère et elle.

Léandre hésite un peu, il cherche ses mots. Peut-être qu'il ne nous dit pas tout. Qu'il fait le tri dans les informations. Il reprend :

– Ce n'est pas la première fois que Camille convulse devant les tombes. Simone et lui s'y rendaient, la nuit. Je l'ai vu faire une fois. Il se mettait à parler avec différentes voix, à bouger bizarrement comme si son corps ne lui appartenait plus. Simone avait ce pouvoir sur lui. C'était assez fascinant. Quand ma mère a exigé que cela cesse, Simone a affirmé que Camille était un ange et qu'il était le seul capable d'apaiser les mortes. Les filles brûlées. Que sans lui, elle-même ne résisterait pas longtemps au trou, à ce qu'il attendait d'elle. La tentation du mal était trop forte.

Samy ne peut se retenir :

– Quel délire ! Elle était vraiment folle, la grand-tante.

Un rif de guitare nous parvient clairement, les notes précises d'un vieux rock que les garçons adorent jouer ensemble : *Sympathy for the devil.*

– Je ne sais pas. Elle s'est pendue juste après. Elle n'a pas dû supporter d'être séparée de mon frère. Je crois que ma mère se sent responsable de son suicide. C'est pour cette raison qu'elle est aussi rageuse à votre égard.

La musique enfle, poussée par le vent, et c'est comme si elle prenait toute la place entre nous.

– Bref, on n'a pas le droit de se parler, dit Anthony.

– Ma mère va s'adoucir. Elle n'a rien contre vous. Elle attend juste votre départ avec impatience.

– Tu pourras la rassurer. On ne va pas s'éterniser ici, je lâche.

Je reconnais que mon ton est virulent. Léandre a l'air surpris par mon attaque. Il recule de quelques pas. Les phalènes nous entourent, de plus en plus nombreuses, un nuage fluorescent de bruissements, de mouvements soudains, comme si elles suivaient des chemins invisibles à nos yeux, déjouant la logique des trajectoires.

Mon frère temporise, comme à son habitude. Il change de sujet, plaisante sur le fait que notre grand-tante était peut-être une sorcière, ce qui ne fait sourire personne. Je les écoute discuter entre eux. Ils m'ignorent C'est le moment que je déteste, celui où mon frère me fait bien sentir que je suis une gamine.

Samy et Léandre doivent penser la même chose.

Mes mains sont moites, mes paupières sont agitées d'un tremblement nerveux et je sais que c'est stupide, mais je ne peux m'empêcher de souhaiter qu'il arrive quelque chose. Là. Maintenant. Quelque chose qui les fasse se taire. Se tourner vers moi.

Je voudrais qu'ils aient besoin de moi.

Qu'ils me remarquent et me considèrent comme autre chose qu'une petite fille.

Le nombre d'insectes augmente. Une nuée dense qui vibre à un rythme irrégulier, qui gagne en puissance. Un bruit d'essaim enragé. Les garçons sont vite envahis. Léandre secoue la main, Samy s'écarte. Des moustiques entourent la tête de mon frère et dans la lueur blafarde, semblent lui dévorer le visage. Il pousse un cri :« Saleté ! » et se met à s'agiter. Les deux autres rient. C'est drôle. Mon frère est poursuivi par les bêtes. On se croirait dans un dessin animé. Quand enfin il parvient à s'en débarrasser, ses joues sont rouges et enflées, ses paupières gonflées.

– C'est pas des moustiques que vous avez dans votre vallée, c'est des vautours miniatures !

Ils rient encore. Au moment où Léandre propose aux garçons de l'accompagner aux Clairettes demain, en m'oubliant délibérément, je m'éloigne. Il ne s'est pas adressé à moi. Il ne m'a rien demandé. Je n'existe pas à ses yeux.

Ils ne me retiennent pas. Aucun d'eux ne m'appelle, ne me propose de rester. J'aurais bien aimé qu'ils le fassent.

Que les insectes les dévorent !

La foule s'est clairsemée. Il est tard, les touristes ont sans doute prévu de se lever tôt pour randonner. Deux gosses dansent encore devant l'orchestre, en compagnie d'un couple qui tangue, légèrement ivre ou simplement amoureux.

Assise sur la margelle de la fontaine, ma mère rit à gorge déployée.

Son chemisier est largement échancré. Son décolleté laisse deviner la naissance de sa poitrine et je la trouve tellement belle, tellement désirable que je suis surprise par la force de mes émotions. C'est comme si je voyais ma mère autrement. Comme si elle était quelqu'un d'autre. Une femme inconnue. Dont je pourrais être jalouse. Que je pourrais détester. Que j'aimerais serrer dans mes bras.

Même son rire sonne différemment.

Près d'elle, Fabien.

C'est à lui qu'elle destine ses éclats de voix. Ses sourires. Sa façon de déposer ses cheveux de l'autre côté de sa nuque. Elle a l'air charmée par lui. Absolument conquise. Il porte un tee-shirt noir, et semble ne pas avoir froid, malgré la baisse de la température. Son tatouage luit étrangement. Les traces noires me font l'effet d'onduler, de circuler sur son bras, glissant jusqu'aux extrémités de ses doigts, les dépassant pour se déposer sur la main de ma mère. Elle ne s'en aperçoit pas. Il lui chuchote des mots à l'oreille, un peu trop proche. Et elle rayonne, ma mère.

Je lui en veux de ne pas être malheureuse, de ne pas continuer à pleurer mon père, de ne pas être restée enfermée dans sa tristesse. C'est trop rapide. Comment peut-elle si facilement succomber ?

Le bal de la Saint-Amour porte bien son nom.

Je décide de remonter seule à la maison. Les autres ne savent même pas que je suis partie. Qu'ils pourrissent sur place, les cons !

17. L'OMBRE ET LA LUMIÈRE

La route ne m'avait pas paru si raide, en voiture.

Dès le début, c'est pénible. Aimer la randonnée, c'est un concept qui m'échappe. Qu'on ne vienne pas me dire que c'est agréable de grimper, surtout quand il fait nuit et qu'on n'a qu'une envie, se planquer sous son duvet. Je tente de trouver un rythme, une régularité tout en pestant à haute voix. Contre ma mère et sa façon de sourire à Fabien ! Et elle se plaint que mon père la quitte. Il a bien raison. Moi aussi, je voudrais partir. Ne plus les voir. Mon frère l'égoïste. Le lâche ! Son copain qui ne vaut pas mieux. Qui fait semblant de s'intéresser à moi et m'oublie dès qu'Antho le siffle. Le petit chien à son maître ! Il rapplique la queue entre les jambes. Et ce Léandre qui ne me calcule pas et se la pète berger intello. Pas un pour rattraper les autres.

Je n'ai pas besoin d'eux.

Je n'ai besoin de personne.

Je râle. Je monte. Je m'essouffle. Je crache. La rage est un acide qui circule dans mes veines.

Bientôt, les lumières de Vollière disparaissent. Tout comme la musique.

Je suis seule.

Les étoiles sont occultées par le même voile que la veille. Je n'y vois pas grand-chose. Seules les pierres blanches de la bordure me guident. Une ponctuation irrégulière, un chemin de Petit Poucet. Je tâche de les localiser de loin pour ne pas me perdre quand elles sont trop écartées.

C'est comme si plus rien d'autre n'existait.

Ce chemin qui s'élève dans la montagne.

Le bruit de ma respiration occupe l'espace. Des lambeaux de brume glissent sur la piste. J'ai remarqué que chaque soir, ils se forment le long du torrent et stagnent dans le fond de la vallée. Rien de dangereux, non. Juste un peu glauque, ambiance lugubre.

Je ne peux pas les contourner et m'enfonce dans une nappe de brouillard. Elle ne se déchire pas, reste compacte. L'angoisse me vient à ce moment.

Aucune raison de flipper si ce n'est un pressentiment atroce qui me serre le ventre. Le même que lorsque je me suis retrouvée devant le trou la première fois.

Faudrait que je sois nulle pour m'égarer sur ce chemin.

Faudrait vraiment que je le veuille.

Faudrait que le sort s'acharne contre moi.

Le brouillard, c'est rien, je me dis. C'est l'humidité naturelle, un phénomène de condensation classique. Merci les cours de physique-chimie de M. Biot.

Nous avons laissé la lampe allumée dans la cuisine et j'essaie de voir la lumière de la maison au loin mais c'est peine perdue ! Je ne dois pas être suffisamment montée. Aucune clarté visible.

Je suis à présent enfoncée dans la brume jusqu'à la taille. Un hululement étrange retentit. Un cri qui s'étire dans la nuit, s'amplifie et s'éteint aussi vite qu'il est apparu. Il me glace le sang. Quel animal peut hurler ainsi ? Une bestiole blessée ou rageuse, que j'ai dérangée dans son sommeil ou qui chasse… Un prédateur nocturne. Une marmotte vampire. Je tente de sourire.

Je sens quelque chose glisser contre ma cheville.

C'est très bref.

Gluant. Humide.

Je porte des baskets pas très jolies que je n'utilise pas souvent. Elles ne sont pas aussi hautes que mes chaussures de randonnée et mes minuscules chaussettes ne couvrent pas ma peau.

La chose est passée juste en dessous de mon mollet.

Je détale. Un réflexe. Sans réfléchir. Sans crier. Courir tout droit. Je percute des pierres qui roulent sous mes pas, et le vacarme de leur chute s'éternise. Elles tombent dans le ravin et le dévalent. Mes poumons vont exploser tellement je sprinte. Des larmes me montent aux yeux.

Je perds de vue les pierres. Je perds aussi le ciel, la route et les montagnes. Je cours dans le noir. Une course qui dure. C'est comme si la nuit était tombée sur moi, m'avait avalée.

Je m'oblige à m'arrêter avant d'agoniser.

Le vent se lève, je frissonne. J'ai transpiré. Des gouttes de sueur ruissellent dans mon dos et sur mon front. Je ne peux me retenir et éclate d'un rire nerveux.

– Merde ! je crie. Merde, merde, merde !

Ma voix n'est pas la même. Plus grave que d'habitude.

C'est sans doute à cause de la course. L'effet de l'altitude. Mes nerfs.

Je regarde autour de moi. C'est plat, des cailloux un peu partout et quelques touffes d'herbe. La pente de la montagne sur ma droite s'est comme éloignée. L'à-pic qui domine la route paraît plus élevé, étiré vers le ciel.

Je suis sortie de la nappe de brouillard mais une autre s'avance, glissant vers moi un peu trop vite.

Ce n'est pas normal, cette façon de flotter trop rapidement. Le vent n'est pas fort, pas de courant d'air. Et sa couleur aussi. Trop blanche. Comme éclairée de l'intérieur.

Je cherche un moyen de l'éviter.

Longer la pente au risque de tomber ?

Quitter la piste ?

Faire demi-tour et retrouver les autres ? Passer pour une nulle incapable de gérer ses frayeurs ? Je peux imaginer les sarcasmes de mon frère. Plutôt crever que lui donner cette opportunité de se moquer de moi.

Je ne peux me décider et jette un coup d'œil en contrebas vers le village. Il n'est toujours pas visible. Apercevoir de la lumière m'aurait rassurée.

C'est là que je distingue des ombres noires. Pas très loin de moi. Quelques mètres.

Je crois voir des racines. Des racines entrelacées. Mais aucun arbre en bordure de la route. Que des rochers. Et de l'herbe. Des fougères.

Des racines mouvantes.

Des racines rampantes.

Je respire. C'est une illusion. Je suis parano. Ne pas être parano. *No* parano !

Les segments ondulent, des formes noires s'assemblent, se rassemblent. On dirait un nid de serpents. Les mêmes formes allongées et étirées. Ça grouille dans le noir. J'en ai la chair de poule… Je déteste ces bêtes. Les vipères, les couleuvres, tout ce qui est couvert d'écailles et rampe sur le sol.

Une des silhouettes se sépare de la grappe. Sa tête se tend vers moi. Ce qui ressemble à une tête. Une autre la suit. Et encore une autre. Une par une, elles se détachent du magma de corps enchevêtrés.

Elles s'approchent. Je suis incapable de fuir. La panique me paralyse.

Elles coulent sur le sol, sans se presser, recouvrant les pierres, les occultant. Vers moi. Elles me veulent.

Elles vont m'atteindre.

Bouge ! je m'ordonne.

Impossible.

Dégage !

Rien.

Transformée en statue. Mes jambes sont raides, mes pieds enfoncés dans la terre. Je suis trop lourde. Trop grosse.

À ce moment, le brouillard m'enveloppe. Il est froid. Il est épais. Je ne vois plus rien. Mes cuisses, ma poitrine, mes bras sont parcourus de mille morsures. Des crocs de serpents, des dards de scorpions s'enfoncent dans ma peau. La douleur est brutale. Je me penche en arrière, un peu comme quand on se renverse dans l'eau. La brume me couvre le visage. Tout devient flou. J'ouvre la bouche, au bord de l'asphyxie.

Quelque chose entoure mes jambes.

Ça grimpe sur moi, le long de mon dos, remonte jusqu'à mon cou pour le serrer. Ça s'insinue dans mes oreilles, dans mes narines, je les sens autour de mes lèvres. Des insectes ? Des vers ? Je ne peux pas me débattre. Ma peur est si grande que je pousse un hurlement rauque. Les morsures s'intensifient, la douleur augmente. La brume est un nid de bêtes qui rampent et s'infiltrent en moi.

Alors je m'abandonne.

Je me détends pour être aussi malléable qu'une poupée de chiffon qui sait qu'elle peut se déchirer et qu'il est inutile de résister. Dans ma bouche, un goût de sang. La lumière blanche provenant de la brume s'intensifie. C'est peut-être ça, la mort.

La lumière et l'ombre qui se mêlent jusqu'à fusionner.

Je ne lutte plus. J'accepte de faire partie de la chose.

Les liens qui retiennent mes jambes se dénouent.

Je tombe.

Quand j'ouvre les yeux, plus rien ne m'entoure. Les nappes de brouillard ont disparu. Les formes rampantes aussi.

À leur place, deux lumières blanches foncent vers moi, avides, furieuses, prêtes à me déchiqueter.

18. LE MONT POURRI

Les phares de la voiture.

Ce sont les phares de la voiture qui remonte vers moi.

Rien d'autre.

Samy jaillit par la portière grande ouverte, suivi de mon frère et de ma mère. Il est le premier à m'atteindre.

– Eva ! Qu'est-ce que tu as ? Qu'est-ce qui t'est arrivé !

Il a l'air désemparé. À chacune de mes crises, les gens réagissent ainsi. Se sentant impuissants, ils me regardent comme si j'étais la chose la plus fragile du monde.

Ma mère, la main sur la bouche, comme pour contenir un cri, me fixe. Elle aussi doit croire que j'ai convulsé. Ma voix sonne clairement.

– Ça va…

Mon frère, penché sur moi, me tient le poignet comme s'il voulait prendre mon pouls.

– Tu es tombée ? Tu as eu un problème ? Pourquoi tu ne nous as pas attendus ? On t'a cherchée partout au village ! Tu ne peux pas faire ça, disparaître sans nous prévenir !

Il a vraiment l'air inquiet.

– C'est bon… lâche-moi… t'es pas mon père…

Ce n'est pas la meilleure des réponses mais c'est tout ce que j'ai en stock.

Samy me soulève le plus délicatement possible et m'emporte jusqu'au siège arrière. Je me blottis contre ma mère et l'envie de placer mon pouce dans ma bouche, comme quand j'étais petite, est si forte que je ne peux y résister.

Sucer mon pouce.

Retomber en enfance.

M'y réfugier. Ne pas grandir. Jamais.

Le lendemain, au réveil, je découvre les garçons dans la cuisine en train de s'affairer autour de leurs deux sacs à dos. Ils les bourrent de saucissons, de chips, et m'ont même piqué un paquet de céréales. Antho se justifie sans que je lui pose de questions : ils n'ont pas voulu me réveiller, supposant que je ne serais pas en forme à cause de ma crise. Deux d'affilée, c'est quand même beaucoup.

J'insiste pour les accompagner. Je ne suis pas fatiguée.

Je n'ai pas fait de crise.

Je ne suis pas malade. Je ne veux pas qu'on me traite comme si j'étais en sucre.

Ma mère accepte à condition que les garçons ne me quittent pas des yeux. Je remarque qu'elle s'est servi un verre de vin. Je ne peux me retenir :

– Tu bois ? Ce n'est pas un peu tôt ?

Elle ignore ma remarque, se concentre sur sa grille de mots croisés qu'elle ne terminera jamais.

Je me tourne vers Anthony et lui adresse un regard qui signifie : est-ce que la laisser seule ici est une bonne idée ? Il hausse les épaules. Sa politique de non-intervention ne varie pas. Il reste en dehors des problèmes, ne veut pas se mêler de ce qui ne le regarde pas.

Je cache sa bouteille dans ma chambre. Elle va peut-être fouiller la pièce si jamais elle est désespérée, mais j'espère que ce ne sera pas le cas. Qu'elle n'a pas atteint le fond. Je l'ai vue une fois déjà dans cet état. Il y a deux ans. Mon père avait annulé une tournée pour rester avec elle, le temps qu'elle se remette d'aplomb. Je pensais secrètement qu'elle l'avait fait exprès, qu'elle avait exagéré sa détresse pour qu'il ne parte pas. Une forme de chantage au chagrin d'amour.

Quand nous quittons la maison, elle nous salue à peine.

Léandre nous attend de l'autre côté de la falaise, là où Rosalie la brebis est tombée. Il est posé sur un rocher et je suis frappée par son profil. Il ressemble à une statue grecque. Un visage parfait, un nez aquilin, des lèvres pleines. Des proportions idéales, à l'image des dieux de l'Antiquité, indifférents, méprisant notre humanité. Près de lui, brun et bouclé, Samy ressemble à un faune. Gai, léger, toujours de bonne humeur.

Je ne sais pas ce que je préfère.

La beauté ou la joie ?

La première heure, je me tais. Les garçons parlent entre eux. Pas envie d'intervenir. Personne ne me pose de questions. Samy se retourne quand même de temps en temps pour vérifier si le rythme n'est pas trop rapide, si je ne suis pas trop essoufflée. Il me tend sa gourde à plusieurs reprises, que je refuse. Je ne suis pas une mauviette à ce point.

La pente est assez raide. Nous longeons le ruisseau, grimpons sur des rochers que les garçons s'amusent à escalader en comparant les mérites et les défauts de leurs techniques. Je me contente de les observer. Le plus efficace est Léandre mais il a l'habitude. C'est son terrain de jeu, ici. Son territoire. Il l'affirme haut et fort. *Ma terre. Mon monde.*

Nous finissons par atteindre un plateau séparé en deux par une rivière de rocailles. L'eau, un mince filet, se fraie un chemin entre les pierres. Léandre nous explique que lors des gros orages, toute cette étendue est recouverte et que le gentil cours se transforme en torrent dévastateur. J'ai du mal à imaginer le déluge. C'est tellement paisible ici. Un petit coin de paradis.

L'herbe est d'un vert de dessin animé. D'ailleurs, toutes les couleurs du paysage semblent avoir été rehaussées par le pinceau d'un peintre amateur de couleurs vives.

Un peu plus haut, nous apparaissent la cabane et les bêtes que Léandre a rassemblées pour la nuit dans un enclos. L'abri ressemble plus à un tas de pierres grossièrement empilées qu'à une cabane mais les garçons le trouvent formidable. Comme le pick-up, il appartient à Léandre et c'est sa plus grande qualité.

À l'intérieur, se trouvent un lit de camp, un réchaud et, dans le coin, une pile de bouquins. De quoi tenir un siège, nous affirme le berger.

Je les laisse s'agiter, sortir les moutons, organiser la réparation du toit. Je fouille du côté des livres. Beaucoup de textes de philosophes que je ne connais pas. Nietzsche, Sartre, Deleuze. Il m'épate, ce Léandre, même s'il m'énerve à toujours éviter mon regard. Depuis le départ, il ne m'a pas adressé un seul mot. Peut-être qu'il me trouve trop quiche. Ou trop jeune. Jeune quiche.

C'est pour cette raison que lorsque je raconte ce qui m'est arrivé sur la piste, en rentrant du bal, je le fixe. Droit dans les yeux. Comme s'il avait une explication à me donner, lui qui est du coin. Sa terre maudite. Son monde de fous.

Nous sommes installés dans l'herbe, des miettes de chips éparpillées autour de nous. Antho a embarqué trois bières que les garçons boivent en se donnant des airs d'aventuriers. Je déballe tout.

Hier soir, la brume, les serpents, les insectes.

– Merde, finit par balancer Anthony.

Léandre ne réagit pas.

– C'est peut-être…

Samy cherche ses mots. Il tente probablement de trouver une explication rationnelle. Ou il va me traiter de folle, me dire que c'est sans doute l'effet des convulsions sur ma cervelle de pauvre fille.

– Je n'ai pas halluciné. Je n'ai pas rêvé. C'est vraiment arrivé ! Vous ne me croyez pas ?

Anthony hésite.

– Tu as peut-être été attaquée par des bêtes. Dans le noir, tu n'as pas bien vu.

– Je n'ai aucune trace de morsures sur le corps et pourtant je les ai senties ! Et le brouillard était vraiment étrange, presque épais. C'était pas naturel !

Samy hoche la tête :

– Bien sûr, Eva. Tu n'as pas rêvé. Mais il doit y avoir une explication.

– Je veux bien ! Mais ne me dis pas que je suis tarée !

Si l'un d'entre eux me lance : « Va voir un médecin, Eva ! Ou un psy ! Va en parler à ta mère. Ta maladie est en train de s'aggraver. Ton cerveau déglingué te fait délirer, tes convulsions attaquent ton entendement. », je me lève. Je pars. Je ne parle plus à personne, jamais.

Peut-être que la folie est carnivore et qu'elle m'a dévorée toute crue.

Antho me dévisage, il sourit :

– Tu es en train de te faire un film, Eva. La crise de Camille était impressionnante et tu es trop sensible. Même moi, pendant quelques secondes, je me suis dit, le gars, il est possédé. C'était vraiment étrange de le voir parler avec d'autres voix que la sienne, mais tu sais bien que le diable, les fantômes, c'est des histoires qu'on lit ou qu'on voit sur un écran. Ça n'arrive pas dans la vie. Et surtout pas en pleine montagne, dans un pays de biquettes et de brebis. Arrête de te prendre la tête, Eva. Grandis un peu.

Il me tapote la joue, un geste de grand frère complètement décalé.

Léandre me regarde. J'ai l'impression qu'il veut ajouter quelque chose mais il se tait et se concentre sur un bout de bois qu'il a trouvé et qu'il taille avec son couteau. Un peu trop fort. Il s'acharne dessus.

Une pause. La course des nuages dans le ciel, un aigle en contre-jour nous surplombe, ses larges ailes étalées.

Je ne sais que penser. Les événements que j'ai vécus, je ne les ai pas imaginés. Je ne suis pas trop « sensible ». Et j'ai grandi plus vite qu'il ne le croit, mon frère. Mais les garçons ne semblent pas avoir envie de reprendre la discussion, alors je me tais.

Léandre sort un paquet de tabac et des feuilles, en propose aux autres. Les garçons prennent le temps de rouler leurs cigarettes, sans rien ajouter.

Je regarde autour de moi. Un sommet se dresse au bout du vallon. Aigu. Effilé. Une pointe de roches noires qui pique le ciel.

– C'est le mont Pourri.

Léandre m'observe. Son regard ne me quitte pas, je me sens gênée. À la limite, je préférais son indifférence.

Ou pas.

Je ne sais plus.

– Pourquoi pourri ?

– Il s'érode de partout. Il s'effrite tant qu'il en peut plus, le mont Pourri. Il est vraiment en train de pourrir, comme un cadavre qui se décompose depuis des milliards d'années. Quand on grimpe dessus, faut faire gaffe. On risque de chuter à chaque instant, tellement les rochers se délitent. Le chemin se perd dans les éboulis. Mais la vue en haut est à couper le souffle.

– Tu y es allé ?

– Une fois par an. En pèlerinage. J'y ai jeté les cendres de mon père. De la poussière qui s'est rajoutée à la poussière.

Samy pousse un soupir.

Antho se gratte la tête.

– Mince, je dis.

– Non, c'est bien. C'est une bonne chose. Il aimait la montagne. Il repose là où il voulait être.

– Il est mort de quoi ? je demande.

– Cancer. La plèvre. En six mois c'était plié. J'avais dix ans.

– Moi aussi.

Je me tourne vers Samy. Il porte ses lunettes de soleil, je ne peux distinguer ses yeux.

– Moi aussi, il reprend. Ma mère. J'avais dix ans. Pas la plèvre. Le sein.

C'était donc ça. Toutes les fois où je me dispute avec la mienne, il doit penser que j'ai de la chance qu'elle soit encore en vie.

Je me retiens de prendre sa main.

Le silence, en montagne, est toujours plein. Le vent. Les moutons. Les marmottes. La vie qui s'agite s'organise sans tenir compte des hommes.

– Bon, ben les gars, on peut dire qu'on a tous un mont Pourri dans notre vie.

L'humour à deux balles d'Anthony…

19. LES ÉCORCHÉS VIFS

La voiture garée en contrebas n'appartient pas aux Moreaux. Antho pousse une exclamation. C'est apparemment une super marque, une Porsche Cayenne qui coûte si cher qu'il lui faudrait sans doute deux vies pour pouvoir s'en payer une.

Je n'ai que mépris pour ceux qui dépensent une fortune dans les voitures. Le règne de l'apparence et de la frime.

Je laisse les garçons admirer la machine.

En ouvrant la porte de la maison, je ne suis pas surprise de trouver Fabien.

Il est debout, appuyé contre l'évier de la cuisine. Il m'adresse un sourire éclatant. Il s'est rasé et ses traits sont plus prononcés. Ses yeux noirs paraissent plus grands et ses lèvres d'un rouge surprenant. Les manches de sa chemise couvrent son tatouage. Sans aucune raison valable, j'aurais bien aimé le voir. Il tient un verre dans sa main et fait mine de le lever pour me souhaiter la bienvenue. Comme si c'était sa maison et qu'il m'y accueillait.

Cela me refroidit net. Ce geste et sa manière de me regarder des pieds à la tête. Pour qui se prend-il ?

Ma mère est assise sur une chaise. Elle boit elle aussi du vin blanc. J'ai une envie folle de la secouer. Elle a passé sa journée dans la maison, à ne rien faire, elle qui souhaitait se promener, évacuer ses idées noires. Elle a dû fouiller ma chambre pour dénicher la bouteille. Elle ne changera jamais.

Son tee-shirt est trop échancré.

Elle boit trop et elle veut trop plaire.

Je remarque ses yeux remplis de larmes. Ses paupières gonflées. Ses joues humides. Sa moue de gamine malheureuse. Elle pleure devant cet inconnu. Elle lui offre sa tristesse.

Je trouve cela encore pire que porter un décolleté trop plongeant.

Je cherche la phrase la plus cinglante de mon répertoire mais rien ne me vient. Le regard vide de ma mère me fait redouter quelque chose de grave. Elle n'est pas dans son état normal, demeure immobile sur sa chaise. Sa main entourant son verre tremble légèrement. Elle ne me salue pas, ne semble même pas me reconnaître, comme envoûtée.

L'effet de l'alcool, je suppose.

– Vous vous êtes promenés ? demande Fabien.

Je ne lui réponds pas et me dirige vers ma chambre, tant pis pour ma mère. Qu'elle se débrouille sans moi.

La porte du cellier est ouverte, la trappe du trou soulevée.

Un courant d'air souffle si fort que j'en ai la chair de poule. Dans la pénombre, je crois voir émerger du trou des ombres.

Fabien ne me quitte pas des yeux. Un sourire aux lèvres, il me lance :

– Vous avez découvert le trou.

Ce n'est pas une question.

Je me tourne vers lui.

– Et alors ?

– C'est bien. Tu as vu ?

Je demeure interdite. Je ne comprends rien à ses paroles.

– Le trou, il t'a montré qui tu es, non ?

J'en reste bouche bée. Il raconte n'importe quoi, le Fabien. Il a autant bu que ma mère. Peut-être qu'ils ont passé l'après-midi à vider des verres ensemble. La preuve, elle se balance d'avant en arrière, en pleurant toujours en silence. Je la déteste à ce moment. Toute sa mollesse. Ses joues flasques, son teint pâle. C'est comme si elle avait vieilli de dix ans.

– Et qui je suis ? je demande, juste pour comprendre le délire dans lequel Fabien s'est embarqué.

– Tu ne réalises pas encore à quel point tu es importante et tu te comportes comme une enfant. Mais tu n'en es plus une. Au contraire. Tu es celle qu'on attendait. La suivante.

Il sourit mais ses yeux expriment tout le contraire. Une force brutale. Cet homme me fait peur. Je recule d'un pas.

– Je ne comprends pas !

Il esquisse un geste vague, puis désigne ma mère de son index, comme si elle n'était qu'un objet.

– Tu t'occupes bien d'elle ?

Le changement de sujet me désarçonne. Il prend un malin plaisir à me surprendre. Peut-être qu'il est tout simplement sadique et que son pied, c'est de rendre les gens fous. Il saoule ma mère, il me manipule. Dans quel but ?

– Qu'est-ce que ça peut vous faire ?

– Elle n'est pas bien, en ce moment. Les malheurs rongent l'âme. Et une âme rongée est vite dissoute. La sienne se décompose, c'est visible à l'œil nu. Si tu ne te décides pas rapidement, il pourrait lui arriver quelque chose. Tu n'aimerais pas ça…

J'en reste sans voix. Il parle de l'âme de ma mère comme si c'était une évidence. Il me menace. Et je ne sais même pas de quoi il parle, ce taré !

– Pour qui vous vous prenez ? je balance.

Mon ton est agressif. Trop. J'en suis au stade où les règles de politesse n'existent plus.

– Je suis ton ami, Eva. Le seul. Celui qui te comprend, qui te connaît. Le feu qui brûle en toi, c'est le même que le mien. Et maintenant tu es là, et quand tu vas tout comprendre, on va pouvoir commencer les choses sérieuses.

Une porte claque quelque part, ou un volet. Un bruit qui me fait sursauter. Le courant d'air provenant du cellier s'amplifie.

Ma mère gémit. Ses yeux roulent vers l'arrière, sa tête se penche comme si quelqu'un lui tirait les cheveux. Fabien tend la main droite et je crois qu'il veut me frapper mais c'est juste pour me dévoiler son bras.

Les serpents cornus apparaissent aux extrémités de ses doigts.

Derrière moi, dans le cellier, ça grouille aussi. Je ne vois rien mais je sens les mouvements. Les choses se déploient, s'étirent. Elles sont avides autant que Fabien. Elles sont liées à lui.

Antho surgit à ce moment. Fabien abaisse son bras. La tension qui règne dans la pièce perd de son intensité.

– Bonjour, s'exclame mon frère. Elle est à vous, la voiture de tueur garée dehors ?

Fabien sourit.

Le cellier est vide.

Ma mère essuie ses yeux sans rien dire. Elle se relève, un peu maladroite, et me sourit comme si elle me découvrait.

Je n'ai pas halluciné !

Je ne deviens pas folle !

En partant, Fabien nous salue avec entrain. Il ne fait aucune remarque, aucune allusion à ce qui vient de se passer. Quand je demande à ma mère si elle ne le trouve pas bizarre, elle me répond qu'il est charmant. Je devrais cesser de faire une fixette sur lui, elle ajoute.

Elle n'a pas entendu notre discussion alors qu'elle était présente.

Elle n'a pas vu les ombres. Elle n'a pas senti la menace dans le ton de Fabien, cette fixité morbide de son regard.

Quand je relate ce qui vient d'arriver aux garçons, ils tirent une drôle de tête. Incrédules. Limite : *tu nous racontes n'importe quoi, Eva. Encore une fois, tu te perds dans tes idées tordues.*

Peut-être que je délire vraiment. Qu'il est temps de tirer la sonnette d'alarme. De ne plus ignorer mon état. Ma conscience se transforme en marmelade.

Fabien a trop bu. Ça pourrait expliquer ses propos délirants.

Il a promis aux garçons de leur prêter la Porsche, pour faire un tour. Son prestige en a été accru.

Le miaulement du chat me ramène à la conscience.

Je me suis endormie rapidement, comme depuis le début de notre séjour ici, moi qui mets toujours un si long moment à trouver le sommeil à la maison.

Le chat se frotte contre moi. C'est doux et agréable. Je consens à ouvrir les yeux.

Je me trouve dans la grotte. Celle du trou. Sur l'autel. Couchée de tout mon long.

La table luit dans le noir. Sa chaleur m'enveloppe. Du plafond, tombent des gouttes à un rythme régulier. J'entends aussi des bruits sourds, comme les pulsations d'un cœur que l'on perçoit à l'échographie.

Le chat me fixe. Ses grands yeux jaunes striés de veinules dorées ressemblent à des pierres précieuses. Je m'étire. Ce doit être un rêve.

J'ai lu quelque part que lorsqu'on se pose cette question, on est proche du réveil. Je n'ai plus qu'à attendre.

Une des gouttes venues du plafond s'écrase sur ma main.

Je l'observe. Cette goutte est écarlate. Elle dépose une traînée sur ma peau. Quand la suivante atterrit sur mon pied, j'écarquille les yeux. Aussi rouge que l'autre.

Le plafond est maculé d'un sang épais qui s'écoule sur les murs. Au sol, il forme une couche de plusieurs centimètres.

Je me redresse. Le chat suit mon mouvement et bondit sur cette gelée. Ses pattes s'enfoncent dans la matière visqueuse. Mon ventre se contracte de dégoût.

En s'éloignant, le chat ne laisse pas d'empreintes, comme s'il n'existait pas. Il se dirige vers le tas de pierres qui se sont écroulées. Elles n'obstruent plus le passage. À leur place, un trou noir. Une entrée en forme d'arche sculptée dans la roche. Des têtes de gargouilles, monstrueuses, cornues, aux mâchoires puissantes, aux langues vipérines, ornent le fronton de cette nouvelle galerie qui plonge au cœur de la montagne.

Je les vois. Un choc.

Une nausée violente me saisit.

Je me penche, de la bile acide remonte jusqu'à ma gorge. Rien ne sort de ma bouche.

Juste devant l'ouverture, plaqués contre la paroi, crucifiés, trois corps. Nus. Rouges. Rouges comme brûlés. Rouges comme écorchés. Leur peau sanglante laisse apparaître les veines, la chair mise à vif, les palpitations des muscles. Le sang s'écoule de leurs membres et se mêle au sang sur le sol, s'y délitant comme un fleuve se jette à la mer.

Mon frère a la bouche grande ouverte. Il crie mais aucun son ne sort. Sa langue arrachée pend, maintenue par un lambeau. Ses yeux exorbités expriment toute l'horreur qu'il ne peut pas hurler. Léandre n'a plus de mains. Des moignons au bout des bras. Le visage strié de griffures, les cheveux tirés en arrière, maculé d'un mélange de boue, de terre, de vers se tortillant. Tout comme Samy.

Samy, à qui il manque le sexe.

Un trou dans le bas-ventre. D'où jaillit un bouillon d'hémoglobine pourpre. Il me regarde et son sourire est le sourire le plus fou, le plus terrible, le plus odieux qu'il m'ait été donné de voir.

Son sourire me dit : c'est toi, c'est à cause de toi, c'est toi qui nous as fait ça, regarde.

20. LES VACANCES LES PLUS...

Je hurle.

Ce qui me sauve de la grotte.

Quand j'ouvre les yeux, je découvre Samy, penché sur moi. Il tient un gant de toilette qu'il a imbibé d'eau et le dépose sur mon front. Au moment où je me relève, je heurte son visage, mes lèvres sur ses lèvres. Mes dents contre les siennes. La douleur irradie dans toute ma mâchoire.

Il se recule aussi brutalement que je l'ai percuté et bredouille d'une petite voix :

– Oh merde, Eva !

Je crois qu'il va se mettre à pleurer. Ses joues se teintent légèrement, ses yeux brillent. Heureusement, il se reprend :

– Ça fait des plombes que tu hurles ! Je n'arrivais pas à te réveiller. C'est de la folie, j'ai jamais connu un truc pareil. Impossible de te sortir de ton cauchemar. J'ai eu beau te secouer, tu ne réagissais pas ! Qu'est-ce qui se passait ? Tu t'en souviens ?

Je m'imagine mal lui raconter que je l'ai vu gisant nu, le sexe arraché, torturé à mort dans une salle qui tenait plus de l'antichambre de l'enfer que d'une grotte.

– Où est Antho ?

Samy recule légèrement.

– Il… euh… Il cherche ta mère.

– Quoi ?

Il m'explique qu'elle ne se trouve pas dans sa chambre. Ils s'en sont rendu compte au moment où je me suis mise à crier sans discontinuer. Son lit n'est même pas défait, elle ne s'est pas couchée. Anthony m'a confiée à ses bons soins et est sorti pour tenter de la dénicher.

Le jour est encore loin.

L'inquiétude pointe son nez. Ce sombre serrement de cœur qui me taraude en douce depuis que nous sommes arrivés ici. À partir du moment où je suis parvenue à enclencher la clé dans la serrure. Je me lève, suivie de Samy qui semble avoir perdu toute envie de prendre des initiatives. Dehors, le froid me saisit. La température a encore baissé. Pas une étoile dans le ciel. Même le temps s'adapte à mon humeur.

La pantoufle droite de ma mère sur le paillasson, devant la porte.

Son pull abandonné un peu plus loin, près de la fontaine.

Ma frontale éclaire des bouts de paysage, découpe des fragments de relief. J'ai l'impression d'être ailleurs, un endroit que je ne connais pas. Samy, derrière moi, se tait. J'appelle « Maman, maman ! » à plusieurs reprises. Ma voix est comme étouffée par la nuit.

Samy me touche le bras.

– Regarde.

Il me montre, en contrebas, une lumière qui se déplace, clignotant par intermittence. Je la situe au niveau du pré où sont enterrées les filles brûlées. Je fais quelques pas dans cette direction mais Samy me retient.

– On les attend, il me souffle.

Sa peau contre la mienne est chaude et rassurante. Je ne m'en détache pas. C'est un geste simple. Me tenir contre lui. Abritée. Nous restons ainsi quelques instants, à observer la lumière remonter vers nous, à l'affût de nos propres mouvements. À la fin, je distingue Antho qui pousse ma mère. Il est derrière elle et la guide, une main dans son dos. Sa lampe éclaire ses cheveux, et son visage pâle me terrifie. Elle ne paraît pas être maîtresse de ses décisions et se soumet à la pression de mon frère. Ils nous dépassent. Elle m'adresse un regard, mais c'est celui d'une étrangère.

Elle ne porte qu'un tee-shirt et une culotte. Une chaussette à son pied gauche.

Anthony me fait signe de me taire.

Nous la couchons dans son lit en la bordant comme une gamine. Elle sourit puis nous tourne le dos et s'enfouit sous son duvet.

Dans la cuisine, mon frère se lâche :

– Putain de nuit !

Il se sert un verre d'eau qu'il descend en deux gorgées.

– Plus jamais ça !

Samy acquiesce. Il a l'air sonné.

– Elle était où, maman ? je demande.

– À côté des tombes. Couchée en chien de fusil sur un des monticules.

Je l'imagine prostrée dans le pré, perdue dans les herbes hautes. Qu'est-ce qui l'a conduite en bas ? Quel enchantement étrange l'a tirée de son sommeil pour la mener vers les filles mortes ? Elle n'est pourtant pas somnambule, ma mère.

Anthony poursuit en expliquant qu'il l'a suivie à la trace. C'était facile, elle avait semé ses vêtements sur son passage.

– Tu crois qu'elle était…

Comment le dire ? Bourrée, complètement saoule, ronde, défaite ?

– Non, je ne pense pas. Elle ne sentait pas l'alcool. Peut-être qu'elle pète juste les plombs. Qu'elle a eu envie de sortir prendre l'air. Elle a le droit… Ça va lui faire du bien de rentrer à la maison, de retrouver nos habitudes.

Je n'évoque pas le fait que notre père ne sera pas là et qu'on va perdre un sacré paquet d'habitudes.

Je ne peux me rendormir avant six heures. Je plonge dans un sommeil sans rêves. À dix heures, nous sommes encore tous au lit. Le coq des voisins s'est époumoné en vain.

Ma mère me rejoint dans la cuisine. J'ai le nez enfoui dans mes céréales. Elle appuie sa joue contre la mienne.

– Ma puce, elle dit. Je suis désolée.

– Qu'est-ce qui t'est arrivé, maman ?

– Je ne sais pas. Je te jure. En ce moment, j'ai l'impression que tout m'échappe. Que je ne contrôle plus rien. J'ai eu envie de me promener, de prendre l'air et je pensais que vous dormiez. La lune était si pleine, les étoiles brillaient si fort. Je ne voulais pas vous inquiéter. Ce n'est pas à vous de vous soucier de moi.

– Elle n'était pas pleine, la lune, maman. Et les étoiles, on ne les voyait pas à cause de la brume ! Tu es sûre que tu as bien vu ?

Elle hausse les épaules et se sert un café clair que l'antique cafetière filtre en glougloutant.

– On va aller en ville pour déjeuner, elle me dit. Ça va nous faire du bien de retrouver la civilisation. C'est le marché, à Saint-Paul. On va claquer nos sous, poulette !

– Super ! Je vais me dégoter une robe de baba cool à franges ! C'est ce que je désire le plus au monde !

Son sourire est décidément fragile.

Encore une fois, Samy obtient le privilège de nous conduire. Ma mère doit craindre de souffler dans un éthylotest.

Le pont du diable me fait le même effet qu'à l'aller. L'impression qu'il peut s'effondrer à n'importe quel moment et que lui rouler dessus revient à confier sa destinée à des dieux mystérieux.

Juste après le dernier virage, j'allume mon portable.

C'est comme renouer avec la vie.

Il sonne toutes les secondes, preuve que j'ai quand même des gens qui pensent à moi, qui m'ont écrit ou tagué.

Tous, sauf Elisa. À quoi devais-je m'attendre ?

Anthony aussi retrouve le monde en poussant des petits cris de bonheur. Ma mère ne touche pas au sien. Elle contemple le paysage, assise devant, un peu trop raide.

Aux abords de Saint-Paul, un embouteillage nous immobilise plus d'un quart d'heure. Je suis presque heureuse de croiser des gens dans leurs voitures. Puis je sens l'odeur des pots d'échappement, agressive et toxique. Mes poumons nettoyés par la semaine en altitude y sont plus sensibles.

Ça refroidit ma joie.

Je suis ma mère et les garçons sur la place tout en gardant un œil sur mon téléphone. Ma mère s'arrête devant des étals, échange avec les marchands. Ce n'est pas encore la grande forme mais elle parvient à sourire. Sous la halle, un groupe de musiciens péruviens souffle dans des flûtes de Pan et tapote sur des tambourins. Je me demande en les observant s'il leur arrive de quitter leurs vêtements folkloriques pour faire les courses au supermarché ou chercher leurs enfants à l'école. Être habillé en Péruvien dans la vie de tous les jours ne doit pas être évident.

Puis me vient l'idée.

Les garçons sont plongés dans une grande discussion avec un antiquaire qui vend des disques vinyles. Bien évidemment, ils n'ont pas pu résister à la tentation.

Je fais apparaître le numéro.

Papa.

Un arbre m'offre son ombre. Je m'appuie contre son tronc, tentant de faire abstraction des bruits qui m'entourent. Les paroles des gens, leurs rires, les cris des enfants, les aboiements d'un chien, la musique des Andes délocalisée dans les Alpes.

Papa.

Lui parler. Lui raconter. Tout. Maman. Mes rêves. Les mortes.

Lui demander son avis.

Deux sonneries. À la troisième, une voix. De femme. Un peu éraillée.

– Allô, allô ?

J'hésite à raccrocher. Peut-être que je me suis trompée de numéro. C'est possible. Je vérifie. C'est bien le numéro de mon père.

Un silence.

La femme a dû écarter l'appareil comme moi pour examiner le nom sur l'écran. Je sais que mon père m'a enregistrée sous le pseudo « Casse-bonbons ». Parce que je suis sa casse-bonbons préférée.

– Ne quitte pas, Eva. Je vais chercher ton père. Je suis désolée d'avoir décroché, je ne le fais jamais et puis je n'avais pas mes lunettes et le téléphone sonnait. Mais surtout ne quitte pas…

Elle me connaît, cette femme.

Mon nom. Mon surnom.

Elle me parle comme si on avait des choses à se dire.

J'attends un peu. Je perçois des bribes de phrases : « Ta fille, Vincent… dépêche-toi… »

Il me dit : « Bonjour Eva. »

Il ajoute : « Je suis si heureux de t'entendre. »

Il renifle.

Je raccroche.

21. LA RAGE

Bien évidemment, Anthony tempère ma réaction.

– Tu t'attendais à quoi, Eva ? S'il demande le divorce, c'est qu'il a une bonne raison. Il aime une autre femme ? Et alors ? Qui on est pour juger ?

– Et tu t'en fous ?

– C'est sa vie. Je suis malheureux pour maman. Pour nous. Pour la famille. Mais je ne peux rien changer à leur histoire. Et toi non plus.

Il tourne les talons et dégaine son téléphone. Appeler notre père à son tour. Jouer son rôle de fils parfait. Je le déteste.

Pire. C'est comme une bouffée de rage, quand je sens que je ne peux pas me contrôler. J'ai envie de lui foncer dessus, d'arracher son portable de ses mains, de le jeter au sol pour le piétiner.

Au lieu de ça, je fais demi-tour.

Ma mère s'est attablée à la terrasse d'un bar et savoure un expresso qui la change du jus de chaussette de la maison.

Elle arbore une expression un peu crispée en textotant sur son portable. Samy n'a pas quitté l'antiquaire et tripote un instrument étrange, mélange improbable d'accordéon et de flûte. À voir ses mimiques, il essaie de le marchander.

Je quitte la place du marché pour mettre une distance de sécurité entre mon courroux et le sens des compromissions de mon frère. À mesure que je m'éloigne, les ruelles se font désertes et étroites, la plupart des volets sont clos. Cela ressemble à un village abandonné. Quelques lézards, des poubelles éventrées, sans doute par des chats errants, dégorgent leurs ordures. Mes pas résonnent étrangement dans ce labyrinthe.

Un peu plus haut, je crois apercevoir la silhouette un peu voûtée de Camille. Ce n'est pas surprenant. Avant de téléphoner à mon père, j'avais repéré le stand que tiennent Léandre et sa mère. Ils y vendent leur miel, leur fromage ainsi que les œufs de leurs poules. Une file de clients s'était formée devant. Il était trop occupé pour me remarquer mais j'étais restée quelques secondes à attendre qu'il me fasse un signe. Un peu fébrile. Limite midinette qui guette le beau gosse pour s'enflammer. Puis je m'étais sermonnée. N'importe quoi ! Qu'est-ce que j'attendais de lui ?

Qu'est-ce que j'attendais de Samy ?

Qu'est-ce que j'avais attendu d'Elisa ?

C'est comme si en moi plus rien ne fonctionnait comme d'habitude. Je changeais. Un changement étrange, qui me tombait dessus comme une maladie.

Assis sur un banc, à quelques mètres de là, c'est bien Camille… Il m'attend, sa casquette du meilleur grimpeur solidement vissée sur le crâne. Il me sourit de toutes ses dents décalées. Je suis heureuse de le voir. Je dépose délicatement une bise sur sa joue quand il se penche vers moi. Il émet ses « oh, oh, oh » en modulant les sonorités.

– Oui, je dis, je suis d'accord avec toi, c'est pas cool. Mais ta mère va bien finir par se calmer. Il n'y a pas de raisons pour qu'elle reste fâchée avec nous trop longtemps.

Il sort de son sac une fleur, une marguerite séchée et ratatinée, et me la tend. Au moment où je le remercie, trois jeunes passent sur le trottoir. Un peu plus âgés que mon frère. Des looks de gars des cités qui n'y ont jamais mis les pieds. Le jogging blanc, le diamant à l'oreille. Les baskets à mille balles.

L'un d'eux se moque.

– Téma la grosse vache, il dit.

Peut-être qu'il parle de moi.

– La grosse vache et le mongol !

Effectivement, c'est bien de moi qu'il s'agit. Et de Camille.

Je ne peux me contenir.

– Quoi ! Vous avez un problème ? je lance.

Ils ne sont pas surpris. Ils s'y attendaient sans doute. L'un d'eux, le plus maigre, s'approche un peu trop près de nous. Il a des yeux globuleux et une barbichette moisie lui pousse sous le menton.

– Eh, ta gueule ! il me fait.

Son copain plus petit mâche un chewing-gum, ce qui le fait ressembler aux moutons de Léandre. Il ricane. Je réagis :

– Comment tu me parles ? D'où on se connaît ?

Mon ton n'est pas aussi affirmé que je l'aurais souhaité.

Le troisième gars s'est déplacé derrière nous lentement. C'est le plus trapu. Il bouscule Camille du plat de la main. Mon ami vacille. Le barbu éclate de rire. Camille se met à baver et à trembler. Je lis de la détresse dans son regard. Il se recroqueville, s'adosse au mur en se couvrant la tête avec ses bras.

– Tu tapes ta crise, Camillette !

Ils le connaissent. Ce n'est sans doute pas la première fois qu'ils s'acharnent sur lui.

– Tu veux te faire des meufs, Camillette ? Les brebis, ça te suffit plus, il te faut des vaches aussi ?

J'étais déjà furieuse à cause de mon père et de la réaction de mon frère.

Là, ma rage explose.

Une boule de colère et d'aigreur, de furie. Dans un flash, je me souviens de ma réaction quand Elisa m'a embrassée. Je l'ai repoussée si fort. Avec tellement de rancœur.

Elle m'avait trahie.

Elle m'avait menti.

Nous nous étions juré une amitié « à la vie, à la mort ». Une vraie amitié. Pure et sincère. Sans mensonges, sans tromperies. Elle attendait autre chose de moi. Elle m'a embrassée, j'ai senti sa langue se coller à la mienne, son goût, sa salive, son désir pressant, presque un ordre auquel je devais me soumettre. Et j'ai aimé. Une seconde. Un temps suspendu, hors de la réalité.

J'ai aimé et j'ai eu honte. En même temps.

J'ai raconté à tout le monde que je n'avais pas fait exprès de la blesser, qu'elle était mal tombée, mais c'était un mensonge. J'avais eu envie de la heurter, la bousculer. Que ses os se brisent. Je l'avais cognée, bourrée de coups de pied. Elle avait croisé mon regard à ce moment et compris toute ma jouissance.

J'étais mauvaise. Au fond de moi.

Je vais les détruire, ces salauds, ces bâtards. Leur mépris est aussi sale que le désir d'Elisa. Il me blesse autant.

Ma respiration se ralentit tout comme les battements de mon cœur.

Accepter la mort. Ne pas résister. Comme dans le brouillard, quand je me suis perdue en rentrant du bal. La faire mienne. Aucun des garçons ne me regarde, ils sont occupés à se moquer de Camille qui gémit à présent. Un mince filet part de son short et coule sur le trottoir. Les trois s'exclament : « Il s'est pissé dessus, le gogol ! »

La chaleur se répand dans mon corps, des picotements vifs parcourent ma nuque, passent le long de ma colonne vertébrale. Je prends conscience que je suis pleine de cette force, de ce ravage qui a fait tant souffrir Elisa. Des ombres glissent le long des murs, formes oblongues et sinueuses, les serpents noirs de mes cauchemars. Je les entends se réjouir aussi, des sifflements âcres qui s'étirent et persistent.

Une joie folle me remplit. Une joie démoniaque. Une joie incontrôlable.

Le ciel s'obscurcit, alors qu'il n'y a pas de nuages.

Elle est là, ma colère. Je veux les déchirer. Je veux arracher leurs yeux, trancher leur gorge, plonger mes mains dans leur ventre ouvert, leurs viscères sortis, étalés, écarteler leur poitrine, saisir leur cœur battant encore, mordre dedans. Mes dents imprimées sur leur chair. Je ne veux pas que cela cesse. Que leur peau se déchire et déverse des flots d'hémoglobine. Qu'ils hurlent, qu'ils se fracassent les uns contre les autres. Qu'ils crient pitié, et qu'ils se taisent enfin.

Ils ne sont personne.

Cela dure un temps infini pour moi.

J'entends Camille. Une voix claire qui résonne en moi :

– Non, non, Eva !

Il me serre contre lui. Dans ses bras, je suis perdue, écrasée. Ses yeux se révulsent, ses muscles se tendent. Il me tient si serrée, j'en ai la tête qui tourne et je sens les tremblements qui naissent dans nos deux corps, de façon simultanée.

– Ne leur fais pas mal.

Je ne suis pas d'accord. Je résiste. Je me débats. En finir avec les garçons, les détruire, laisser exploser ma rage. Je lui mords le bras, il ne me repousse pas. Au contraire, son étreinte se fait plus forte. Ses mains sont chaudes, et cette chaleur est comme une ivresse. Une douceur dans tout ce chaos. Il murmure des mots à mon oreille que je ne comprends pas, une langue étrange et lentement, ma rage diminue. Je ne combats plus, je demeure contre lui, à écouter ces sons, à sentir sa présence. Plus rien n'existe. Je me fonds en lui, c'est comme s'il absorbait ma noirceur.

Les serpents nous entourent, ombres se jouant de nous. Ils reculent, ils s'écartent et se perdent dans l'obscurité. Camille devient pâle et tombe sur le trottoir sans que je puisse le retenir. Il m'entraîne avec lui et me lâche au moment où il heurte le sol.

Le soleil ne parvient toujours pas à éclairer totalement la rue. Plongés dans des coins sombres, les garçons gémissent. Deux d'entre eux sont couchés en chien de fusil. Le troisième s'est caché derrière une poubelle, seules ses jambes dépassent.

Mes mains sont moites. Je me penche sur Camille, je l'entends mais ses lèvres ne bougent pas.

– Tu dois résister…

Les trois garçons se redressent lentement. Le petit trapu soutient son copain le barbu. Ils s'appuient aux murs comme s'ils avaient perdu l'équilibre.

Je n'entends pas ce que bredouille le mâcheur de chewing-gum. Il a l'air terrorisé. Il me fixe comme si j'étais le diable et il s'éloigne, suivi par les deux autres. Je les regarde boitiller vers le haut de la ruelle et disparaître sans demander leur reste.

Une fatigue immense me terrasse. Je suis obligée de m'agenouiller près de Camille. Je croise son regard. Il est plein d'une tristesse infinie.

22. TEL PÈRE, TEL FILS

Je raccompagne Camille jusqu'à l'étal sur la place du marché, le plus discrètement possible, mais Helena nous aperçoit de loin. Elle a un œil de lynx, cette femme, un sixième sens de louve pour son fils. Elle s'approche de moi au moment où je dépose mon ami sur un siège pliable installé derrière leur camionnette.

– Qu'est-ce qui s'est passé ?

Elle me désigne le short de Camille trempé sur le devant, son nez qui coule, le tremblement de ses mains.

– Rien, je réponds.

– Ne me mens pas.

Elle a un geste incroyable. Elle me renifle. Elle colle son nez tout près de moi et inspire profondément.

– Mon Dieu, elle dit. Tu sens l'odeur !

Et elle exécute plusieurs fois le signe de croix. Je n'ai jamais vu personne faire ça, à part dans les films, quand on veut éloigner le diable ou se protéger contre le mauvais sort.

Léandre nous jette des coups d'œil inquiets tout en emballant ses fromages dans du papier journal.

– Qu'est-ce que tu as fait ? Tu ne te rends pas compte !

Elle se détourne sans me donner la chance de pouvoir lui répondre. Je reste immobile quelques instants, sans savoir quoi faire, puis je décampe.

Elle a bu, ma mère.

C'est ce qui lui donne le courage de nous poser des questions, dans la voiture. Samy conduit à nouveau. Il est plutôt fier de lui, il a réussi à acheter l'instrument qu'il convoitait. Mon frère paraît plus nerveux. Sa jambe droite est agitée et quand ma mère se lance, je pose ma main sur son genou pour le calmer.

– Vous avez eu votre père au téléphone ?

Je me tais. Au diplomate de la famille de répondre.

– Oui, il articule, un peu hésitant.

– Alors ?

– Alors quoi ?

– Vous avez parlé avec sa pute ?

Je n'en reviens pas ! Il est rare que ma mère utilise des gros mots. Prof de français jusqu'au bout de la langue, dans la vie privée comme dans la vie professionnelle.

– Maman ! je proteste.

– Ce n'est pas une pute, pardon. Je ne devrais pas. Ce n'est pas gentil de la traiter ainsi. Elle me vole juste mon mari, tout ce que j'ai bâti depuis l'âge de dix-huit ans. C'est à dix-huit ans que j'ai connu votre père. J'étais si jeune, naïve, innocente. C'était le premier. Mon grand amour, mon unique amour. Le prince charmant… Le bel artiste qui me jouait des chansons sous le balcon, pour me séduire, pour m'enlever.

L'histoire de nos parents, nous la connaissons par cœur. Elle était jeune, il était musicien. Il l'a presque kidnappée parce que nos grands-parents ne l'appréciaient pas. Avant de nous avoir, ils ont longtemps galéré financièrement. Heureusement qu'elle l'a toujours soutenu en passant son CAPES. En croyant en ses qualités d'artiste. C'est grâce à elle qu'il s'est fait un nom dans le milieu du jazz. Il lui doit presque tout. Elle ne réclamait qu'une seule chose en retour, sa fidélité.

L'amertume de ma mère est profonde. Je me dis que jamais, jamais, je ne dépendrai de l'amour d'un homme. Je serai capable de partir ou de laisser partir quelqu'un sans souffrir autant. Pas de dépendance. Pas d'entrave à ma liberté.

– Barre-toi, maman. Qu'est-ce que t'attends ?

Elle me dévisage comme si elle me découvrait capable de proférer des paroles insensées.

– Il est ma vie, mon ciel, mon horizon…

Je ne peux m'empêcher de railler :

– Tu devrais écrire des textes de chansons d'amour pour Anthony.

Mon frère soupire. Samy se concentre sur la route.

Elle rit. C'est le rire le plus grinçant de son répertoire.

Le retour me paraît durer une éternité. Anthony est muré dans son silence. La discussion avec notre père n'a pas dû être aussi sereine et légère qu'il veut me le faire croire.

Peut-être que mon frère comprend enfin que la situation nous échappe, que la tristesse de notre mère va nous retomber dessus.

Je ne parle pas de l'incident de la ruelle.

Comment aborder le sujet ? Hey, les gars, j'ai encore fait une crise ! Avec Camille, on s'amuse à parler dans nos têtes. C'est le seul à pouvoir me calmer. Ah oui, autre chose encore ! Helena trouve que je sens mauvais quand elle me renifle de trop près et elle se signe devant moi comme si j'étais le diable !

La Porsche Cayenne de Fabien est garée à notre emplacement. Je peste en silence. Le voir est bien la dernière chose dont j'ai envie. Clairement, ma mère et les garçons ne partagent pas mon sentiment. Antho presse même le pas pour le rejoindre. La porte de la maison, que nous avions fermée avant de partir, est entrouverte.

Il s'est installé dans la cuisine, les jambes croisées sur une chaise, l'air d'un dandy en visite dans un salon huppé. Une cigarette fume dans le cendrier. La cafetière émet le son caractéristique du café en train de passer dans le filtre.

Cela ne dérange personne à part moi.

– Je me suis permis d'entrer. J'ai pensé que cela vous ferait plaisir d'être accueillis ainsi, avec un bon café préparé par un professionnel.

Sa voix est chaleureuse. On y croirait presque.

– Vous gênez surtout pas, je prononce, suffisamment fort pour qu'il l'entende.

– Eva, me réprimande ma mère. Tu veux bien être polie !

– Ce n'est pas grave. Vous savez, l'adolescence est un cap difficile. Ils sont bruts de décoffrage à cet âge, nos jeunes. Nous l'avons tous été, d'ailleurs. Pénibles.

– Certains plus que d'autres.

Fait-elle référence à l'attitude parfaite de mon frère et à la mienne moins aimable ? Une bouffée de rancune m'empêche de respirer. Elle doit penser ça depuis toujours : je suis la pénible, Anthony est le sage.

Ce dernier serre la main de Fabien avec un grand sourire, comme si c'était un ami de longue date. Avec Samy, ils s'engagent dans une de leurs discussions sans intérêt. Fabien se lève tout en parlant, distribuant les tasses, dénichant la boîte à sucre, les serviettes en papier. Il connaît l'emplacement des objets comme s'il avait toujours vécu ici. Ma mère est encore une fois sous son charme.

Elle me dégoûte.

Une lumière filtre sous la porte du cellier. Nous avions pourtant tout éteint. J'entre dans la pièce mais rien n'a bougé. La caisse à outils est à nouveau posée sur la trappe refermée. Le frigidaire ronronne bruyamment. Les rires des autres me heurtent, comme une provocation. Je décide de remonter dans ma chambre.

Les volets sont clos, elle est plongée dans la pénombre.

Je retiens un cri quand je distingue une forme recroquevillée dans le coin le plus sombre, près de l'armoire. J'avance la main pour éclairer quand j'entends la voix :

– Non ! N'allume pas.

C'est le gosse. Le petit, sans son chien.

Je perçois son visage fin. Il ressemble à un vieux, ce gamin. Des traits aiguisés, déjà usés, comme abîmés par une vie trop âpre.

– Tu es le fils de Fabien.

Il émet un petit rire.

– Je suis le fils de mon père.

– Qu'est-ce que tu fais ici ?

– Qu'est-ce que tu fais ici ?

Sur le moment, je crois qu'il m'imite, un truc d'enfant qui veut irriter son interlocuteur, mais il m'a vraiment posé cette question et il attend une réponse que je ne peux lui donner.

– Où est ton chien ?

– Où est ton chat ?

Il commence à m'agacer, ce mioche. Sa peau trop blanche paraît grise dans cette ambiance calfeutrée.

– Je n'ai pas de chat.

– Le chat de la vieille. C'est pareil…

Je m'avance vers le lit, deux pas à peine. Il se recroqueville à nouveau. Peut-être qu'il pense que je vais le frapper.

– Tu la connaissais, ma grand-tante ?

Il pousse une sorte de croassement entre le rire et les larmes.

– Simone. La vieille peau. La vieille crevure.

– C'est pas gentil…

– Elle est morte. On s'en fout !

Son bras est posé sur son front. Un geste qu'il doit avoir l'habitude d'adopter, une protection contre des coups éventuels. On lui a ôté le bandage. Je vois clairement les formes sur sa peau. Les serpents noirs dévorent sa chair, occupant tout l'espace jusqu'à son épaule.

A-t-on le droit de tatouer ainsi un enfant ? Il a dû souffrir énormément pour obtenir un tel résultat.

Il m'observe avec autant d'attention que je lui en accorde. Il sait à quel point son tatouage est impressionnant.

– Je les ai gagnés !

– Tu as gagné quoi ?

Il agite son bras.

– Je les ai mérités.

– Tu as fait quoi pour mériter qu'on te charcute ainsi ?

Il maintient son bras en l'air et de l'index, me désigne la poutre au-dessus de ma tête.

Je ne peux m'empêcher de sursauter.

– Elle se balançait et ses yeux sortaient de sa tête. Ils allaient exploser, ses yeux. Avec sa langue trop rose qui gonflait, on aurait dit mon chien quand il court trop longtemps. Je lui avais promis, à mon chien, de les lui donner.

– Lui donner quoi ?

– Les yeux et la langue de la vieille pendue.

Mes jambes flanchent. Je m'assois sur le lit, presque à la limite de la nausée.

– Tu étais là ? je murmure.

Je ne peux croire ce qu'il raconte. En même temps, je sens que c'est la vérité. La tête me tourne, comme si j'avais le vertige. Le plafond se met à onduler. Lentement, des traces de sang se détachent, commencent à dégouliner le long du mur, en face de moi. Des traînées grasses et épaisses qui s'avancent jusqu'au sol. C'est toute la souffrance de Simone qui est palpable. Toute cette peur qu'elle a dû vivre dégorge, accumulée dans les pierres, incrustée dans les joints et les interstices.

L'enfant est debout à présent.

Il déplie son bras. Sur sa peau, les formes s'enroulent en spirale autour de son coude, de son poignet, atteignant ses doigts, couvrant ses ongles. Il les contemple comme s'il les découvrait pour la première fois, effrayé.

– J'ai peur, il me confie. J'ai tout le temps peur.

Je m'aperçois qu'il grogne. Une plainte sourde qu'il ne peut maîtriser, comme un animal blessé qui refuse qu'on s'approche de lui.

– Peur de quoi ?

Il me fixe. Son poing est fermé. Peut-être qu'il retient les serpents, les empêche de se répandre sur mon plancher ? Peut-être que c'est mon imagination ? Je voudrais que cela cesse. Tous ces doutes. Toutes ces images. Il déglutit puis reprend :

– Ce n'est pas vrai. Je t'ai menti. Je n'ai rien promis à mon chien. Il n'était même pas là. Il a refusé de venir. Et moi, je la regardais, Simone. Camille m'avait dit de fermer les yeux. Je ne l'ai pas écouté. C'était trop tard. Je voulais que ça s'arrête, mais c'était pas possible.

– Tu connais Camille ? je demande.

– Et toi, tu le connais ?

– Oui, c'est mon ami.

– C'est mon ami aussi.

Il s'interrompt. Les voix provenant du rez-de-chaussée de la maison s'atténuent. Puis le rire de Fabien monte jusqu'à nous, un éclat brutal.

– Tu vas me faire du mal ? murmure le petit.

– Jamais ! je m'écrie.

– Tu vas me faire mal. Je le sais. Papa me le répète en boucle depuis qu'il t'a vue. Et ce mal, ce sera un bien. Parce que le bien et le mal, ça ne veut rien dire. Ce sont des inventions des hommes et nous ne sommes pas comme eux. Simone, juste avant qu'ils la pendent, elle leur a dit des choses terribles. Que tu ne basculeras pas. Camille te protège. Il est puissant. Fabien m'a expliqué après, elle disait ça parce qu'elle avait peur et qu'elle ne voulait pas mourir. Pas encore. C'était trop tôt. Les gens s'accrochent à la vie, même quand elle n'est plus bonne pour eux. Ils l'ont pendue et même si elle respirait encore, elle était foutue.

Je fixe le visage du garçon encore une fois. Je veux comprendre. Ma tante a été pendue dans cette pièce par Fabien et ses complices. Le gamin a employé le pluriel. Qui pouvaient être ces gens ? Ils ont dû se cacher quelque part quand Léandre a débarqué avec son frère pour la sauver. Trop occupés à décrocher la vieille femme, les deux voisins ne les ont pas remarqués.

Et la touche finale du tableau des horreurs : Fabien a imposé à son fils d'assister à une scène de meurtre !

– Pourquoi ils l'ont tuée ? je demande.

Le petit me dévisage, étonné, comme si j'étais au courant et que ma question était inutile.

– Elle voulait tout révéler. Elle ne voulait plus obéir au trou. Mon père en avait assez. Il disait que la suivante aurait ça dans le sang, que ce pouvoir était impossible à refuser.

Le petit colle ses lèvres contre mon oreille. C'est à peine si je l'entends me souffler :

– C'est au tour de Camille maintenant. Ils vont l'attaquer. Et tu ne pourras pas le protéger. Tu ne pourras pas me protéger. Elle avait tout faux, Simone…

23. LE GÉNÉPI

Fabien appelle son fils à plusieurs reprises. Il s'énerve parce que le petit ne répond pas tout de suite. Il n'a pas l'habitude qu'on lui désobéisse, cet homme…

– Erwan, tu viens ! Erwan, dépêche-toi ! Qu'est-ce que tu farfouilles encore ?

Le garçon s'écarte de quelques pas. Il masse son bras gonflé. Il n'a rien dans son poing, aucune forme retenue, aucun serpent maudit. Lui aussi contemple sa main, comme surpris de ne rien y trouver. Il détale avant que je ne lui dise au revoir. Ses pas décroissent dans l'escalier. Bientôt j'entends les rugissements de la voiture de Fabien. Il s'éloigne en frimant jusqu'au bout.

Quand je rejoins les autres, Samy nettoie les tasses, Anthony cajole sa guitare et ma mère boit déjà un verre de vin. Je m'installe à ses côtés. Elle sourit dans le vide, une expression extatique qui m'énerve. Chaque fois qu'elle voit Fabien, elle se transforme en midinette. Elle a tellement besoin de plaire.

C'est ça, être une femme ?

Je me racle la gorge et déballe les révélations du petit. Je n'en rajoute pas, je n'exagère pas, je reste très factuelle. Ma voix est posée. Qu'on ne vienne pas me traiter d'hystérique.

Ma mère me dévisage. J'ai l'impression qu'elle cherche pourquoi je lui raconte toute cette histoire. Elle doit se dire que c'est parce que je déteste Fabien.

Elle réagit enfin :

– Alors, si je comprends bien, d'après ce gosse, Simone aurait été pendue par Fabien. Fabien, qui tient un gîte renommé dans un village. Qui vend des bières, des tablettes de chocolat et milite pour la protection de la nature. Tout le monde l'apprécie. Il n'y a que toi pour voir le mal partout. Il aurait tenté d'assassiner ma grand-tante avec d'autres gens. Qui ? Ça reste vague. En présence de son fils de dix ans ! Pour bien le traumatiser ! D'accord. Admettons. Pour quelle raison ?

– Mais je ne sais pas maman ! Je cherche des raisons logiques, moi aussi. Peut-être que c'est une secte et qu'ils ont des cultes barbares ! Simone en faisait partie et elle ne voulait plus participer à leurs messes noires ! Peut-être que Fabien convoite la maison depuis longtemps ! Qu'il nous considère comme des étrangers qui lui ont volé son bien ! Il y a plein d'explications possibles !

– Tu penses sérieusement qu'Erwan dit la vérité ? Qu'il n'a pas cherché à t'impressionner ? Il a dix ans, il veut que tu le remarques, que tu t'intéresses à lui.

Je me lève et rejoins Samy, qui feint de laver et de relaver mille fois la même cuillère.

– Pour toi, maman, les petits de dix ans souhaitent se faire remarquer par moi ?

Elle ne tient pas compte de ma réponse et poursuit :

– Et ces délires à propos de Camille… Pourquoi Fabien s'en prendrait-il à un handicapé ? Non vraiment, Eva, il faut cesser d'échafauder des théories vaseuses. Il est charmant, Fabien. Il nous a confié qu'il était veuf, qu'il élevait son enfant tout seul et qu'il souffrait de cette solitude forcée. Je pense que c'est quelqu'un de bien, de sérieux, d'engagé dans l'écologie. Son association joue un rôle important dans la préservation des lieux naturels de la région.

– Il tatoue son fils de dix ans !

– Tu es sûre de cela ? Peut-être que le petit s'est dessiné sur la peau les mêmes motifs que son père !

Je reste sans voix. Ma mère trouve des arguments pour défendre Fabien.

– Tu juges toujours les gens sans la moindre once de compassion. Tu n'éprouves aucune empathie ! Tu n'es pas facile, Eva !

Elle m'achève. Son accusation est injuste. Je donne un coup de pied dans une chaise qui se trouve projetée à l'autre bout de la cuisine, je sors en courant et m'engage sur le chemin qui mène au-dessus de la maison.

La pierre plate où Léandre a l'habitude de se poser m'attend. Au bout de quelques minutes, je vois apparaître Samy. Il m'a suivie et s'assoit à mes côtés en me poussant un peu.

– Lâche-moi, je râle.

– C'est bon, il souffle.

– Personne ne me croit ! J'ai l'impression d'être la seule à vivre des choses impossibles et de tourner en rond dans ma tête !

– Moi, je te crois.

Je me tourne vers lui. Il cligne des yeux à cause du soleil qui l'aveugle.

– Tu ne penses pas que je suis folle ?

Il ne s'accorde pas le temps de trouver une réplique, se penche vers moi et m'embrasse. Un long baiser doux. Ses lèvres me sont familières, comme si je les avais déjà goûtées. Un frisson monte en moi, voltige dans mon ventre, s'y ancre, se transforme en étincelles. S'évanouit-on quand on embrasse ?

Il se recule. Je demeure immobile, retenant mon souffle, oppressée, saisie par cette envie de sentir sa peau contre la mienne. La douceur de sa joue. La piqûre de ses poils.

– Tu n'es pas folle, Eva. Heureusement, on rentre demain. On pourra oublier toute cette histoire parce qu'il y a quelque chose qui n'est pas sain, ici. Il vaut mieux fuir. Et ne plus y penser.

La décision a été finalement prise. Dernière nuit à La Maledetta. Je n'ai pas caché mon soulagement. Oublier Fabien, son fils, le chien. Camille et Léandre. Reprendre le fil de la vie. Peut-être que je vais contacter Elisa et que j'aurai le courage d'avoir une discussion sérieuse avec elle. De lui expliquer mon comportement.

Je lui dois des excuses.

Avec mon père, je ne sais pas. Il est hors de question de rencontrer sa nouvelle compagne et de l'intégrer dans ma vie. Je ne suis pas comme mon frère, souple et capable de faire contre mauvaise fortune bon cœur.

Et puis Samy…

Sa manière de se pencher vers moi, l'approche de son visage près du mien, la tension qui en a résulté. Ce moment où mon corps a vibré, traversé par des courants que je n'avais jamais éprouvés.

Durant le repas, sa main effleure la mienne à plusieurs occasions. Chaque fois j'éprouve ce pincement au cœur, ce vertige étrange qui m'attrape et m'affaiblit. Je me compose une expression indifférente mais je vois bien que Samy n'est pas dupe.

Ni Antho.

Nous nous installons tous les quatre sur la terrasse, juste avant de dormir. Le ciel est couvert, le vent apaisé. La nature est étrangement immobile et silencieuse. Ma mère déclare sa flamme aux montagnes dans un élan poétique exalté. Anthony et Samy jouent pour nous leurs dernières créations en exclusivité mondiale.

Je me sens bien. Soulagée.

Nous décampons. *Finito* la foire aux folies. Allitération en « f » pour concurrencer mon frère !

Cette fois, impossible de m'endormir. Une tension étrange tient ma conscience éveillée. Mon corps refuse de se relâcher. Trop d'émotions, je me dis. Le baiser de Samy. Le départ. Les mots de ma mère sur mon manque d'empathie… J'ai du mal à faire le vide. Je tente l'exercice que m'a enseigné la psy. Inspirer profondément. Compter jusqu'à cinq. Expirer. Visualiser une fleur, la mer, le bleu, y plonger, détendre ses orteils. Rien ne marche.

Les ronflements des garçons envahissent l'étage. Bientôt, j'entends un autre son. Le chat. Ses miaulements me parviennent, comme une injonction à le rejoindre. Personne ne se réveille, malgré le vacarme qu'il produit. Intriguée, je redescends jusqu'au petit salon.

Le matou est posé sur la commode. En m'apercevant, il cesse ses vagissements. Je me demande pourquoi le meuble me semble familier, puis mon rêve me revient.

Celui du crochet. La cachette de Simone. Celle où elle planque son génépi.

J'ouvre la commode et tâte son fond. Une des planches bascule.

C'est bien là que se trouve la réserve. Deux petites bouteilles remplies d'un liquide d'une belle couleur ambrée.

La gorgée que je bois a un goût à la fois piquant et sucré. Elle me traverse le corps et se dilue dans mon sang, chargée d'intensité. Je suis peut-être comme ma mère, j'aime l'alcool. Ou comme ma grand-tante, totalement folle. Un mélange des deux.

Je me réveille alors que je viens tout juste de m'endormir.

Ma première pensée est de refuser que cela soit un rêve. Marre des rêves de sacrifices et de souffrance. Marre du trou et de la grotte.

Je me trouve cette fois dans le champ en contrebas de la maison des Moreaux.

Au-dessus de moi, des myriades d'étoiles étincellent. La lune, pleine et proche, éclaire les alentours d'une lueur presque trop vive. Elle baigne dans le lit d'une brume rouge orangé, comme si elle était capable de saigner, elle aussi.

Je réalise que ce n'est pas possible, une telle lune. La dernière fois que je l'ai vue, elle était à son dernier quart.

La preuve que je suis en train de rêver.

Camille se trouve à côté de moi.

Sur sa tête, une couronne de lierre et de fleurs mêlés. Il ressemble à une créature enchantée. Il me sourit et me tend la main. Je ne peux refuser. Il m'entraîne avec lui.

– Pas trop vite, Camille, je ne peux pas te suivre !

– Vite, vite, au contraire, le plus vite possible !

– Tu parles, Camille !

– Je parle toujours. Je parle tout le temps. Personne ne m'entend. Que toi. Et Simone. Et le petit.

Sa bouche reste close, pourtant sa voix sonne, claire et puissante.

– Où tu m'emmènes ?

Il rit. C'est un beau rire, libre et léger.

– Elles nous attendent.

– Qui ?

Ma question est stupide. Mes pieds nus s'enfoncent dans la terre, nous courons avec Camille et j'ai envie de glousser à cause de cet équilibre que je sens autour de nous. Les astres, les cimes, l'eau du torrent qui dévale les flancs de la montagne.

Une harmonie offerte en cadeau.

Les filles flottent juste au-dessus de leurs tombes. Cinq formes blanches et translucides. Des corps dont on ne peut distinguer les traits. Je ne suis pas surprise de les apercevoir.

Les deux plus grandes semblent tourbillonner sur elles-mêmes, emportées dans une folle gigue. Les trois autres les suivent. Une farandole enjouée. Leurs rires me parviennent. Je n'ai pas peur. Camille les connaît. Elles sont ses amies. Quand je les rejoins, leur allégresse m'enveloppe. Et leur désespoir. Je comprends qu'elles dansent parce que plus jamais elles ne pourront danser à nouveau. Demain, ce sera la fin. L'une d'elles s'approche de moi, m'enlace de ses bras translucides et me traverse. Son rire perle et entraîne celui de ces sœurs.

Dans cet éclat de lune, elles dansent et nous sommes là pour les accompagner, Camille et moi. Nous nous joignons à elles et je valse, je virevolte, je m'élance jusqu'au ciel, plus loin, vers les étoiles. L'univers m'accorde cette grâce, ce don. Je danse en leur compagnie, chantante et larmoyante, triste et gaie, vivante et morte, jusqu'à ce que la tête me tourne et que je chute.

Elles tombent toutes les cinq.

Un même écroulement. Un évanouissement.

Le champ se couvre de lumière, comme si des myriades de lucioles s'étaient envolées.

– Elles disent que si tu ouvres la porte, le mal va déferler. Que si tu fais le mal, la porte va s'ouvrir. Tout est lié.

Camille s'est allongé non loin de moi, une longue herbe plantée entre ses lèvres. Il chuchote.

– Le sang ne doit pas couler. Simone l'a tellement regretté. Je suis là pour t'en empêcher.

– Et comment tu me protèges, Camille ?

– Fais le bon choix. C'est le bon choix qui nous sauvera.

– Je ne comprends rien. C'est un rêve. Je pars demain. Nous ne nous verrons plus jamais. Les filles sont des chimères. Je les aurai oubliées à mon réveil et toi aussi, sans doute.

– Elles me disent de te prévenir. Ne le tue pas. C'est sa mort qui ouvrira la porte. Simone a eu la force de la retenir fermée jusqu'à présent. Ne romps pas l'équilibre.

– D'accord, Camille.

J'accepte, parce que je sais que cela n'a pas de sens. Pour une fois, mon rêve est beau. Je ne veux pas en sortir. Que les filles m'éclairent longtemps, qu'elles m'accompagnent. Que les souffles mêlés de leur joie et de leur tristesse demeurent en moi pour toujours.

24. LA PORTE DES ENFERS

Un coup de tonnerre éclate et me surprend avec une telle force que je me redresse et me tords violemment le cou. Une plainte m'échappe. Je suis bonne pour un sacré torticolis.

Les grondements de l'orage lointain roulent d'un flanc de montagne à l'autre comme un ressac invisible.

Dehors, le ciel est noir alors qu'il est huit heures du matin passées.

Des nuages bas, épais, couvrent l'horizon. Les cimes tentent de percer de leurs aiguilles effilées la toile qui se tend au-dessus d'elles.

Les hurlements me parviennent quelques secondes après.

Quelqu'un crie.

Une femme.

J'entends des bruits de pas. Les garçons sont déjà dans la cuisine. En me postant à la fenêtre, je vois Léandre courir dans notre direction, sur le chemin qui longe nos deux maisons. Il arbore une expression terrifiée qui m'emplit d'appréhension. C'est comme si toute la sérénité que j'ai ressentie cette nuit, dans mon rêve, était un leurre. Une promesse de paix mensongère. Et que je vais à présent en payer le prix.

– Venez, venez, il crie à l'attention des garçons sur le pas de la porte.

– Qu'est-ce qui se passe ? demande Antho.

– C'est…

Il lève la tête et m'aperçoit.

– C'est Camille, il articule.

Je me précipite vers mes vêtements, enfile un pantalon, une polaire par-dessus mon tee-shirt. De la boue séchée macule mes talons et mes orteils alors que je me suis lavée la veille, avant de me coucher. Je demeure quelques instants interdite, à observer mes pieds comme s'ils ne m'appartenaient pas.

Les garçons ne m'ont pas attendue. Je parcours seule les quelques mètres qui séparent les deux maisons.

Dans la cour, personne.

Le tumulte provient de la bergerie.

En y pénétrant, je remarque tout de suite les trois bêtes égorgées. Elles gisent sur le flanc, dans un bain de sang qui s'étale sur le sol, imbibant la paille. Au mur sont cloués par leurs ailes des cadavres de corbeaux, de rapaces aux tailles diverses. Plus de cinquante bestioles qui ont dû agoniser atrocement. Certaines frémissent encore.

Par terre, agenouillée, Helena tient entre ses mains la doudoune déchirée et la casquette de meilleur grimpeur de Camille. Elle gémit. Je me sens étrangement coupable.

Près d'elle, une machette rouillée et tachée.

Léandre nous explique que son frère s'est levé vers six heures du matin, c'est le moment où il vérifie si les animaux malades qu'ils gardent ici se portent bien. C'est son rituel, en été.

Léandre avait cru entendre les bêtes remuer un peu trop fort, mais rien ne l'avait vraiment alerté. Rien d'anormal. Et quand il est entré dans la bergerie, il a découvert la scène de massacre.

– Camille s'est débattu, il s'est défendu. Je pense même qu'il s'est enfui. Il y a des traces de sang qui montent vers les Clairettes et des empreintes de pas dans la boue.

– Mais pourquoi ?

Ma mère est abasourdie. Elle tente d'apaiser Helena qui ne lâche pas les vêtements de son fils.

– Qui peut lui vouloir du mal ? questionne Samy.

Anthony est le seul à lui répondre :

– Il a peut-être des ennemis ?

– Il ne ferait pas de mal à une mouche ! Et puis, c'est quoi toutes ces bêtes mortes ? On dirait une scène de sacrifice ! enchaîne Samy.

Helena me remarque. Elle repousse d'un geste la sollicitude envahissante de ma mère et se relève en prenant appui sur une caisse. Puis elle s'adresse à moi.

– C'est à cause de toi !

J'ouvre la bouche pour protester mais au fond, je pressens qu'elle a raison.

Elle enchaîne :

– Tu empestais comme ta grand-tante.

– Pardon ?

– Chaque fois qu'elle utilisait ses trucs, je ne sais pas comment appeler ce qu'elle trafiquait, sa sorcellerie de vieille folle, elle sentait l'éther. Ton odeur, au marché ! Même Léandre l'a remarquée. Tu es comme elle !

Voilà pourquoi elle m'a reniflée. Je ne sais pas comment réagir.

Léandre me tourne le dos. Il regarde l'extérieur, à travers une fenêtre. Je distingue son reflet dans la vitre. Sa mâchoire est crispée. Il ne bronche pas.

Helena est prise d'une quinte de toux où se mêlent des sanglots contenus. Elle reprend :

– Oui, tu es pareille. Les mêmes yeux. La même folie.

Je me raidis. Elle vient de me traiter de folle alors que c'est elle qui tient des propos délirants.

– Simone était…

Elle ne peut continuer, sa voix s'éteint. Le sang goutte des corps sacrifiés, nous baignons dans une lumière de fin du monde. J'ai l'impression que le temps s'arrête, qu'il nous fige tous et que nous nous réveillerons dans cent ans.

Helena se reprend. Elle a retrouvé un semblant de sang-froid.

– Vous ne savez rien de la vie de Simone, n'est-ce pas ? Elle était pleine de remords à la fin. Elle s'en voulait. Des remords tardifs. À cause de mon Camille qui la ramenait vers le bien. Qui l'empêchait de sombrer. Plusieurs fois elle m'a avoué qu'elle regrettait ce qu'elle avait fait, avec les autres. La bande d'illuminés que dirige Fabien. Des habitants du village, une tripotée de cinglés qui croit au diable, vénère la maison et ce qu'elle cache. Ce trou dont parlait

Simone avec du dégoût et de la peur. Elle m'a raconté. C'est la famille de Fabien qui a dénoncé les filles cachées pendant la guerre. C'est aussi son grand-père qui a répandu l'essence sur leurs corps. Il a craqué l'allumette pour que leurs pauvres dépouilles flambent. Tout le monde pense que c'était un grand résistant, que Fabien descend d'une lignée d'hommes braves et loyaux. Elle est belle la légende, mais tout est faux ! Il a tué et torturé cinq innocentes. Simone était présente. Elle avait seize ans. Elle n'a pas lutté. Elle était témoin. Ou complice. Je ne sais pas.

Je réalise qu'elle avait mon âge quand les événements sont arrivés. Seize ans…

Helena poursuit :

– Au début, nous nous entendions bien. Comme des voisines qui vivent à l'écart des autres. Bien obligées de s'entraider. Deux mois après notre arrivée, Camille est tombé du toit. Il a failli en mourir. Simone m'a dit alors que c'était à cause du trou. C'était la première fois qu'elle nous en parlait. Le trou réclamait le sang. L'agonie et la douleur. Elle n'était pas assez forte pour le contrôler tout le temps. Elle en était la gardienne mais parfois, elle en perdait le contrôle. C'est pourquoi le trou en profitait. Mais elle a ajouté que Camille était spécial. Il avait été épargné. Le sauveur, elle l'a appelé. Mon fils de six ans. Mon ange défiguré, abîmé, détruit. Elle m'a dit que c'était une bonne chose, en fin de compte. J'ai pensé qu'elle aille au diable, cette folle. Quelques années après, ça a été le tour de mon mari. Il a souffert comme aucun homme n'a souffert sur cette terre.

Elle se tait. Au loin, l'orage tonne, rassemblant ses forces pour mieux éclater.

Je réagis enfin :

– Je ne comprends toujours pas, madame. Qu'est-ce que j'ai à voir avec votre histoire ?

Léandre se retourne. Dans cette lumière étrange, il ne ressemble plus à un garçon. Il pourrait être une fille, délicate, perdue, aux longs cils mouillés. Il ne cherche pas à éviter mon regard. Il était au courant de cette histoire. C'est pour cette raison qu'il ne me parlait jamais, qu'il m'évitait.

– La porte des enfers…

La voix d'Helena est si grave que j'ai envie de rire. La porte des enfers. Et puis quoi d'autre ?

Je me retiens à peine. Helena ne le remarque même pas. Elle m'interpelle :

– Le trou existe. Vous l'avez découvert.

– C'est juste une grotte, je réplique.

– Pour ta grand-tante, c'était la porte des enfers. Elle nous a confié qu'elle refusait de recommencer à faire couler le sang. Qu'elle avait seize ans quand les filles avaient été brûlées. Plus jamais un tel massacre, elle m'a avoué. Grâce à Camille qui absorbait la colère, le feu, le mal. Il était son ange. Mais d'après elle, certains n'étaient pas d'accord.

– Certains ?

– La famille de Fabien. Les satanistes. Les serviteurs du trou depuis des siècles. C'est le secret le mieux gardé de la vallée. Ils se font passer pour des gens bien, le pharmacien de Saint-Paul, le notaire, le pompier, mais ils ont tous le même tatouage, le même signe de ralliement.

– Je ne comprends rien !

Léandre s'avance d'un pas lorsqu'il s'adresse à moi :

– Cette histoire dépasse l'entendement. Mais à te voir, j'ai l'impression que tout ce qu'on m'a raconté petit, ces histoires fantastiques destinées à faire peur, sont vraies. Tu serais capable d'ouvrir la porte ou de la maintenir close, comme ta grand-tante. Tu aurais ce pouvoir. Celui de faire le mal et de le répandre sur la terre. Je crois que Fabien a enlevé mon frère pour te faire céder.

Sa mère enchaîne :

– Tu serais la suivante. La dernière gardienne du trou.

– Merde, vous entendez ce que vous dites ?

La moue d'Helena est explicite :

– Ton odeur…

– Mais enfin, c'est pas parce que je transpire qu'on peut m'accuser d'être une sorcière !

– Mais qu'est-ce que tu es alors ?

Le grondement grossit, s'amplifie jusqu'à nous atteindre et occuper tout le ciel.

Je ne sais pas quoi répondre. Léandre a l'air désolé, Helena me fixe comme si j'étais capable de changer le cours des choses. Tout ce que je sais, c'est qu'elle a raison.

Je sens un pouvoir en moi.

Un pouvoir qui gronde aussi fort que l'orage dehors.

Un pouvoir que je ne sais pas maîtriser.

Un pouvoir ou bien ma maladie.

25. MORTELLE RANDONNÉE

Ma mère ne bronche pas. Elle garde les yeux rivés sur les oiseaux sacrifiés, affichant un air effaré. Je la sens lointaine, perdue dans ses pensées.

Je ne peux ni la consoler, ni la rassurer.

Léandre prend les choses en main. La priorité est de partir à la recherche de son frère. En l'espace de quelques minutes, il établit un plan. Helena et ma mère descendront jusqu'à Saint-Paul pour prévenir les secours. Il faut plus d'une heure en voiture par la route escarpée et plus vite elles partiront, plus tôt nous serons aidés.

Ma mère me lance un drôle de regard, comme si elle souhaitait que je la retienne, que je lui demande de rester avec moi. Je ne la serre pas dans mes bras. Je lui adresse juste un signe, *vas-y, dépêche-toi !* Peut-être que je lui en veux encore. Qu'elle se fasse du souci pour moi est comme une revanche. Elle hésite puis se dirige vers notre maison pour récupérer sa veste. C'est la dernière image que j'ai d'elle. Son dos, ses cheveux sur ses épaules. Son air fragile et bancal.

Nous quatre, nous montons à la poursuite de Camille. Les traces de sang bien visibles sur le chemin nous mèneront jusqu'à lui. Il est aguerri, Camille, il connaît la montagne par cœur.

Il peut semer n'importe quel poursuivant.

Dans un coin, un morceau de tissu, arraché à un jean qui n'appartient pas à Camille. Il a trouvé la force et le courage de se défendre, de lutter contre son agresseur.

Fabien. Si je comprends bien ce délire, ce fou pense que j'ai hérité d'un pouvoir, celui de ma grand-tante, et que Camille peut me protéger. Me protéger de quoi ? Et quel pouvoir ?

Je n'ai pas de réponses. Rien n'est logique.

Mais que faire de la logique avec ce ciel explosé au-dessus de nos têtes, ce vent qui souffle à l'envers, comme si la terre s'était inversée ?

Et puis, peut-être que nous fonçons tout droit dans un piège ? Fabien veut que nous le suivions, c'est évident. Toute cette mise en scène. Un instant, je doute. Ne pas monter, rentrer chez nous et laisser Léandre se débrouiller.

Me reviennent les sourires de Camille et sa façon d'articuler ses « oh, oh, oh ». Impossible de ne pas lui porter secours.

La suite se déroule comme dans un cauchemar.

Un décalage flagrant avec la réalité.

Sauf que ce que je vis est vrai. Très vite, je noue les lacets de mes chaussures de montagne. Mon frère me tend une cape de pluie que j'attache autour de ma taille. Il glisse une bouteille dans un petit sac. Nous nous retrouvons sur la terrasse.

Le plafond nuageux s'est abaissé, les sommets sont à présent invisibles, dissimulés par la couche épaisse de nuages. La tension est palpable, accentuée par le bourdonnement des insectes qui s'agitent. Les mouches noires semblent s'être multipliées. Elles volent dans toutes les directions, se heurtant à nous comme des kamikazes en bout de course.

Léandre piaffe.

– Ça va tomber dru dans pas longtemps. On va souffrir, là-haut. La pluie, le vent…

Il s'adresse à moi :

– Tu vas tenir le coup ?

Sans répondre, je m'engage sur le chemin. Les trois garçons m'emboîtent le pas mais, rapidement, notre berger prend la tête du petit groupe que nous formons. Je le suis de près. Je pense à gérer mon souffle, à bien respirer. Oublier mes cuisses douloureuses, mon cœur qui explose dans ma poitrine. Bientôt, je parviens à m'adapter à son rythme. Samy a récupéré un bâton, Antho ferme la marche. Aucun d'eux ne parle, ce qui prouve la gravité de la situation.

Sur le sentier, Léandre nous signale les traces disséminées un peu partout. Du sang sur un rocher. Des branches brisées. Il sait lire les indices comme un chasseur aguerri et nous précise, quand nous dépassons le rocher de Rosalie, que Fabien est seul et qu'il boite, sans doute à cause de sa blessure. Les empreintes de ses chaussures sont plus petites que celles de son frère et son pied gauche s'enfonce moins dans la terre meuble.

C'est plutôt une bonne nouvelle. Camille doit avoir de l'avance sur son agresseur.

Brusquement, le vent tombe. Plus un souffle. Nous sommes dans un goulet étroit, le sentier sinue dans un pierrier. Je sens toute l'étrangeté de cette moiteur pesante, comme si la terre et le ciel se chargeaient en électricité.

Je trébuche sur un caillou à la sortie de la petite gorge, manquant me vautrer par terre. Heureusement, Léandre est proche de moi et je peux m'agripper à lui. Son odeur forte me saisit. Une odeur d'effort, de colère, aigre et tenace. Cela me trouble. Je suis prise d'une faiblesse, et me maudis d'avoir de telles réactions.

La crête que nous longeons nous mène sur une butte. Après, une montée plutôt raide nous attend et nous finissons par atteindre les Clairettes. J'ai un espoir : peut-être que Camille s'y est caché.

Lorsque le vent reprend, il a gagné en intensité. Sa violence est telle qu'il me surprend et manque me renverser sur le côté. C'est encore Léandre qui me rattrape. Il ne dit pas un mot. Sa poigne est ferme. Il me redresse. En me retournant, je croise le regard de Samy. Il est inquiet. Je crois discerner autre chose. De la jalousie ? Nous repartons sans parler.

– Regardez !

Le cri de mon frère me fige immédiatement.

Nous avons à peine mis le pied sur le plateau des Clairettes. Les bêtes sont sorties de leur enclos et se sont éparpillées sur les crêtes. Certains des moutons sont montés sous les barres rocheuses. La grande crainte de Léandre est qu'ils s'éloignent, qu'ils se dispersent dans toutes les directions. Une année, il a perdu une dizaine de brebis qui ont chuté du haut d'un à-pic, sans doute effrayées par un animal.

Mais ce n'est pas ce que nous montre Antho.

Deux points sur le mont Pourri. Deux taches qui se déplacent. L'une trace presque tout droit, coupant à flanc de montagne. L'autre, en dessous, plus lente, semble suivre le sentier.

– Ils sont trop loin !

– Pas tant que ça. Il y a quatre cents mètres de dénivelé jusqu'au sommet du mont Pourri. Il leur en reste la moitié. En nous dépêchant, nous pouvons les rejoindre.

Je reçois une goutte sur la tête. Bien lourde. De celles qui ont servi pour le déluge, à l'époque de Noé. De quoi noyer le reste du monde.

– Tu nous attends dans la cabane, Eva. Ça ne sert à rien que tu montes.

Pauvre Samy. Il tente de me protéger, avec toute sa gentillesse et sa bonne volonté.

– Je dois y aller. C'est à moi de le faire !

Pas le temps de lui raconter mon rêve de cette nuit. À quel point je sais que Camille et moi, nous sommes liés. Il est celui qui éteint ma colère. Il est la douceur et le calme. Quelques secondes de silence suivent mon affirmation. Puis mon frère réagit :

– Comment tu te la pètes, quand même !

Je lui donne un coup de coude et il feint d'avoir très mal au bras.

Quand nous nous remettons en marche, les quelques gouttes qui s'étaient abattues sur nous se sont transformées en un rideau épais. Ma cape de pluie me couvre le corps jusqu'aux genoux, comme les garçons. Chacun en possède une. Celle de Samy est rouge. Les autres sont vertes.

Quatre points perdus dans l'immensité.

Le bruit de ma respiration amplifiée sous la capuche rythme mes pas. Très vite, les gouttes de sueur dégoulinent sur mon front. Sous ce plastique, je transpire abondamment mais je ne relâche pas mes efforts. Nous courons presque sur un faux plat, une ligne droite qui contourne un éboulement de rochers immense. Je mets un point d'honneur à ne jamais montrer aux garçons à quel point cela me coûte en énergie.

En levant la tête, je vois un éclair zébrer le ciel noir, suivi d'un autre, derrière le mont Pourri. Des détonations éclatent. Une succession de bordées menaçantes. Le vent nous bouscule sans ménagement.

Nous sommes à sa merci.

Nous avons quitté l'herbe pour aborder le minéral. Le monde des pierres. Le chemin est étroit. Des caillasses chamboulées désorganisent le paysage, grises à présent à cause de la pluie, luisantes des cascades qui se forment en amont, dévalant les pentes avec une fureur accrue.

Léandre parvient à nous guider sans faillir. Il coupe à travers la pente, grimpe presque en ligne droite.

– Un raccourci, il nous hurle.

Il se retourne pour nous le dire. Son visage est trempé, il dégouline. Ses yeux expriment une détermination farouche.

Je le trouve sublime.

Le mont Pourri apparaît et disparaît entre les limbes déchiquetés, les brumes filent. Il me semble bien trop haut, bien trop raide. J'aperçois, entre des trouées, les deux formes qui s'acharnent à s'élever encore. Nous les talonnons.

La déflagration que nous entendons ne ressemble pas au tonnerre ni à la foudre. Un bruit immense. Le massif craque. Les secousses montent, venues des profondeurs de la terre.

Je n'ai rien à quoi me retenir.

– Attention, braille Léandre.

Devant lui, les pierres glissent, s'écroulent, un rouleau compresseur de roches furieuses, de terre détrempée que rien ne retient. Un pan du mont Pourri s'affaisse sur nous.

26. C'EST QUI LE CHEF ?

Léandre me bouscule sans ménagement. Je tombe, me recroqueville et le souffle de l'effondrement m'enveloppe.

Pour nous broyer, nous briser, nous enfouir.

La pluie sur mon visage, mon corps trempé, mes membres engourdis, gelés par le froid…

Les sensations m'assaillent brutalement comme pour me rappeler que je suis vivante et que c'est une bonne chose de souffrir, la preuve que j'ai été épargnée. Je me relève, maladroite et sonnée. Léandre est encore couché. La coulée est passée devant et derrière nous.

Un rocher en surplomb a bloqué le glissement de terrain. À quoi tient ma vie ? Quelques pas de plus et j'étais emportée.

Je me retourne.

À une dizaine de mètres en contrebas, une jambe dépasse d'un tas de pierre. Des bras. Une main immobile. Un morceau de cape de pluie plaqué sur un visage. Un carré rouge tranchant dans tout ce gris, cette lave froide vomie par les cimes.

Je retiens mon cri.

Mon frère a glissé lui aussi mais sa position un peu décalée lui a permis d'échapper à l'affaissement. Ses traits sont décomposés. Il parle mais je ne comprends pas ce qu'il dit.

Ses lèvres sont blessées.

Peut-être qu'il hurle.

Ses cheveux plaqués en arrière. Ce sang partout.

Mon cauchemar dans la grotte.

Léandre me dépasse. Il se précipite vers l'amas de roches et commence à dégager Samy.

C'est Samy, là, en dessous.

C'est la main de Samy.

Léandre fouille, rejetant les pierres au loin. Il presse Anthony de l'aider. Je reste debout, incapable de bouger.

Le monde se fissure.

La figure de Samy apparaît. Livide. Les deux garçons achèvent de le dégager. Léandre se penche sur la poitrine, tenant son poignet entre ses mains. Il prend le temps de vérifier son pouls alors qu'autour de nous, tout agonise.

– Il respire.

Je ne le crois pas.

Je me dis que nous allons tous finir ici, dans la lumière étouffée d'un orage d'été.

Le front de Samy est écorché, ses joues aussi, son œil droit gonfle. Il me fixe et tente de sourire. Un pauvre rictus de héros qui veut donner le change. Je n'ose le toucher. Quand il tente de se redresser, un gémissement lui échappe.

Sa jambe a pris un drôle d'angle. Une tache encore plus sombre imbibe son pantalon. Une hémorragie, sans doute.

– Elle est cassée, constate Léandre. Une fracture ouverte, mais je n'en suis pas sûr.

– Continuez sans moi, affirme Samy.

– Tu vas crever si on te laisse ici.

– Fais pas chier, Antho.

– Me parle pas mal, mec !

– Me fais pas chier quand même.

Ils ne se disputent pas. Leurs voix sont empreintes d'amitié. Je les trouve magnifiques.

– Antho, je tranche, tu descends Samy, tu le mets à l'abri dans la cabane. C'est pas trop loin d'ici, tu vas y arriver. Porte-le, au pire. Tu pourras allumer un feu. Les secours ne vont pas tarder.

Mon frère me répond du tac au tac :

– C'est toi la cheffe maintenant ?

– Oui.

– Depuis quand ?

– Depuis toujours.

– D'accord.

Sans commenter davantage, il aide Samy à se relever. Ses grimaces me font de la peine. Il étouffe ses plaintes. Alors, me hissant sur la pointe des pieds, je l'embrasse. Devant les deux autres.

La pluie dilue le goût de ses lèvres sur les miennes.

Léandre n'hésite pas longtemps et je le suis. À plusieurs reprises, la montagne grogne, hargneuse, refusant de soutenir nos pas, mais elle ne cède plus. Nous sortons du pierrier. Devant nous, un petit col amorce la dernière montée. Elle paraît difficile, raide, offerte au vide.

Les silhouettes ne sont plus visibles.

Ils ont sans doute atteint le sommet.

Je peine, rattrapée par la fatigue et le froid. Je claque des dents. Avancer. Coûte que coûte. Mes chaussures ne servent plus à rien. Elles sont aussi trempées que le reste de mes vêtements. Cela fait plus de deux heures que nous grimpons et je me dis que si j'en sors vivante, je choisirai mes prochaines vacances à la campagne. Que du plat. Du vert. Des vaches. Fini les biquettes. Aucun dénivelé, aucune tante damnée. Pas de trou qui donne accès à l'enfer.

Léandre me prend par la main et m'entraîne à ses côtés. Il a dû sentir que je faiblissais. La voie est suffisamment large pour que nous puissions cheminer ensemble. Je me cale sur ses pas, guidée par ses mouvements. Lui faire confiance est facile. Il est si déterminé que cela renforce mon courage.

Coincée sous un rocher, une chaussette sanglante, gorgée d'eau. Une fleur rouge dans ce paysage sans verdure.

Léandre s'en approche. Il me montre les traces et reconstitue la scène pour moi :

– Quelqu'un s'est assis ici. Tu vois. C'est pas Camille. Fabien a le pied bien entaillé. Je ne sais pas comment il fait pour se hisser là-haut. Il a utilisé un bout de tissu pour se protéger la peau, mais il pisse le sang quand même. Si c'est Fabien, il a la rage.

Un éclair déchire la semi-obscurité et frappe quelque part au-dessus de nous. Je sursaute et m'approche de Léandre.

Dans la seconde qui suit, le sol frémit. Je crois que les pierres vont encore s'écrouler. Nous enfouir si profondément que personne ne nous retrouvera, jamais.

Une rafale de vent rabat ma cape de pluie.

Soudain, je le vois. Fabien. Je sais que c'est lui. Tout là-haut. Sa silhouette. Il est tourné vers nous, il nous contemple. Il veut qu'on le suive. C'est son but. Que je le rejoigne.

Plaqués par le vent contre le flanc de la montagne, le souffle coupé, nous nous élevons le plus rapidement possible. La nature des pierres a changé. Ce ne sont plus des grosses caillasses amassées mais des strates plus ou moins érodées qui s'effritent. Une matière friable que même le vent peut rogner et désagréger.

Il a raison, Léandre, le mont Pourri se décompose.

Nous dépassons une bosse, un lacet, un mur de rocaille et je découvre le sommet.

Une dalle de quelques mètres. Une croix en fer ancrée dans la roche. Noire et ciselée, aussi grande qu'un homme.

À son pied, allongé à même le sol, Camille.

Derrière la croix, face à l'abîme, Fabien.

27. LA FIN

Il rit. Un rire monstrueux, une succession de sanglots et de paroles incompréhensibles.

Son visage est déformé par un rictus hideux. Ses rides profondes, ses cernes, les moindres replis se creusent, comme sculptés au burin dans du bois usé. L'eau de la pluie y ruisselle, frayant son chemin dans les boursoufflures d'une peau ravinée.

Ce visage transformé, blessé, ravagé, lui confère une apparence de diable haineux.

Léandre s'est avancé de quelques pas en direction de son frère avant que Fabien ne nous darde de son regard possédé qui me hantera jusqu'à la fin de mes jours.

Entre ses mains, une arme. Une sorte de long revolver, pointé dans la direction de Léandre. Les bourrasques l'empêchent de viser juste, je suppose. C'est pour cette raison qu'il n'en a pas encore fait usage. Il peut nous atteindre à présent que nous sommes proches, surtout Camille qui demeure immobile. Je ne vois pas la figure de mon ami, qu'il a plongée dans ses bras. Seul son pied droit bouge régulièrement, des ruades d'animal blessé.

– Mes enfants ! s'époumone Fabien.

Léandre fait un dernier pas, Fabien tire. La balle ricoche. Des shrapnels de pierres volent dans tous les sens.

– Voyez ce que vous m'obligez à faire ! On aurait pu s'éviter ces efforts et cette perte de temps !

Il me désigne en pointant son arme vers moi.

– Eva, belle Eva, gentille et douce Eva ! Il te suffisait de comprendre, voilà, ce n'était pas compliqué. Tu es l'élue. L'Élue ! La suivante. La gardienne de la porte. Celle qui a le pouvoir de l'ouvrir, de la refermer. D'y faire entrer les âmes qu'on lui a sacrifiées. Seule une femme de ta lignée peut le devenir. Nous ne sommes là que pour t'accompagner, te guider. Quand je t'ai vue la première fois, j'ai compris que c'était toi ! Aussi puissante que Simone, avant, quand elle obéissait au trou. C'est elle qui a tué les filles ! Tu crois qu'elle était bonne, ta grand-tante, mais mon grand-père l'a vue plonger son couteau dans le cœur des gamines. L'une après l'autre. Trancher leur chair, boire leur sang. Brûler leurs corps innocents. Puis elle a refusé d'accomplir les rites. Prise de remords. Quelle idiote. Les âmes des filles lui tournaient autour, la harcelant sans cesse. Sa volonté s'est affaiblie. Et Camille l'a convaincue de renoncer au pouvoir. De tout révéler au monde. C'était juste inconcevable. Nous l'avons pendue et jamais elle ne trouvera la paix.

Il hurle et plus il s'époumone, plus le vent s'acharne sur nous. Je ne sens plus mes doigts engourdis ni le bout de mon nez. De longs frissons réguliers suivent la ligne de ma colonne vertébrale, jusqu'à atteindre mon cou. Je suis tétanisée.

La pluie nous fouette, le vent s'acharne. Je me concentre pour comprendre chacune des paroles que prononce Fabien. Comprendre aussi ce qu'il attend de moi, saisir les raisons de ma présence sur le mont Pourri.

– Alors, on va le faire, ma belle. On va accomplir ton destin ! Ta transformation ! La plus grande des révélations ! Laisse la colère t'envahir !

Un grondement interminable résonne dans l'espace. Le ciel n'existe plus. Nous avons atteint son centre. Le nombril du monde, celui qui peut s'écrouler et entraîner dans son affaissement le reste de l'humanité.

– Espèce de taré !

Je m'arrache la gorge à crier de la sorte.

– Tu n'as pas idée du pouvoir qui t'attend, Eva. Si tu savais la beauté de ce que tu possèdes, la force que tu peux déployer, tu n'hésiterais plus.

Il s'avance vers moi.

Un pas. Il boite. Son pantalon est déchiré sur sa longueur, comme s'il avait été griffé. Camille, en se défendant, l'a atteint et sérieusement blessé. Le sang ne coule plus, dilué dans la pluie. La plaie est profonde. C'est grâce à une volonté surnaturelle qu'il a réussi à se hisser si haut.

– Mais tu connais déjà ton pouvoir, n'est-ce pas ! Tu as senti à quel point c'est bon d'être le ravage. De le laisser déferler.

Même s'il est loin de moi, j'entends sa voix résonner à mon oreille, je sens le souffle de sa respiration dans mon cou.

Il écarte les bras dans un geste imitant le Christ sur la croix. Son arme tombe, il n'en a plus besoin. Sa tête se renverse. L'eau cesse de ruisseler sur lui. Elle s'évapore au contact de sa peau, dégageant une vapeur qui l'enveloppe. Une aura de protection. Rien ne peut l'atteindre. Personne.

Léandre se précipite sur lui.

Le bourdonnement que j'entends me fait penser à un essaim d'abeilles qui se rassemble. Un grésillement dans l'air, une tension soudaine. Mes cheveux se hérissent, la chair de poule couvre ma peau.

Une seconde, rien, le temps de respirer, de s'emplir les poumons de cet air saturé d'électricité.

La foudre s'abat sur la croix en fer.

La lumière m'éblouit. Trop blanche, arrachée aux cieux. Je ne tombe pas, maintenue par une main invisible, la même qui soulève Fabien. Ses pieds ne touchent plus le sol. Il s'est élevé de quelques centimètres. Ses yeux sont révulsés, le blanc de ses orbites paraît trop étincelant, comme s'il avait absorbé la puissance qui s'est abattue sur nous. Sur ses bras, les serpents noirs se meuvent. La pluie les anime. La peur les nourrit. La furie les comble. Ils se dégagent de sa chair dont ils n'ont plus besoin. Ils vont se repaître d'un autre. Glissant au sol, ils se rassemblent.

Léandre a été projeté à quelques mètres. Sa tête a heurté un caillou. Il gît inanimé.

Les formes le couvrent entièrement en quelques secondes. Elles l'écrasent. J'aperçois ses doigts, son pied déchaussé pris de convulsions. Les choses le rongent. Je n'ai plus la force de me précipiter pour l'aider.

Seule la rage grandit en moi.

Camille est demeuré sous la croix. Je ne peux deviner s'il est encore vivant. Il ne remue plus sa jambe.

Le rire de Fabien, encore. Et sa voix, si proche.

– Tu voulais en faire quoi, de Léandre ? Le toucher, le baiser ? Tu crois qu'il voulait de toi ? Vraiment…

Je réagis enfin. Je braille dans l'orage. Ma voix est écorchée.

Fabien s'élève encore plus. Il flotte et le sang qui a recommencé à s'écouler de sa jambe forme autour de lui un arc que la pluie ne parvient pas à laver.

Les serpents noirs ne cessent pas de se resserrer sur le corps de Léandre. Le visage de mon ami apparaît, livide, épuisé.

La rage domine. Le tonnerre est en moi. Les explosions qui me traversent sont les échos intérieurs des éclairs qui nous entourent.

Je suis la foudre aussi.

– Tu veux le sauver ?

– Oui, je crie.

– Rejoins-moi.

Je concentre en moi ma fureur. Il pivote légèrement.

– Viens à moi, Eva.

Léandre gémit. Il souffre. Le vent forcit. Des grêlons se mêlent à la pluie, rebondissent sur les pierres..

– Tu es mienne, Eva.

Sa voix a changé. C'est celle d'un homme qui me désire, alors je me mets à trembler. Je ne sais pas comment je me suis rapprochée. Je me trouve près de lui. Ses mains sont sur moi. Il parcourt mes épaules. Mon dos.

Je concentre ma colère.

– Ne me résiste pas !

Je ne peux le supporter. Des flammes noires jaillissent de mes doigts et percutent Fabien, le dérobant à ma vue. Qu'il soit emporté, écrasé, broyé, brûlé ! Je souhaite sa mort si fort que je pourrais serrer son cou de mes propres mains. L'étouffer. Lui broyer la trachée.

Tellement plus douée que lui.

Plus puissante.

Je le domine.

Les flammes diminuent, les volées de grêlons redoublent de puissance. Les billes projetées à toute vitesse mitraillent le sol dans un *staccato* affolé. Fabien est devant moi. Son rire, encore une fois, me transperce. Il ne lévite plus. Ses yeux noirs me fixent. Ma colère l'a brûlé. Sa chair tuméfiée par endroits a pris un aspect de parchemin consumé. Son corps martyrisé ne ressemble plus à celui d'un homme.

– Regarde-moi ! Tu comprends ton pouvoir. Tu en mesures l'étendue.

– Non, je hurle.

La peau de son front se fend en deux. Le sang en jaillit, m'aspergeant le visage, maculant ma bouche, et je ne peux m'empêcher de lécher mes lèvres pour le goûter.

– Tu ne peux plus reculer, Eva !

Son bras se trouve propulsé vers l'arrière et son épaule craque. Sa mâchoire se déboîte, sa joue éclate.

C'est moi qui le désarticule comme un pantin.

Mon pouvoir, ma puissance, ma hargne démesurée.

Il jubile. C'est ce qu'il attendait. Je comprends que c'est la fin. Il a raison. Je me régale de sa douleur. Je vais l'achever, le détruire, savourer et basculer. La porte des enfers a gagné une gardienne.

Je vais plonger ma main dans sa poitrine. En extraire son cœur fumant. Y planter mes dents et m'en repaître. Le dévorer.

C'est au dernier moment que je vois Camille.

Il me dépasse sans me regarder, lancé à toute vitesse, comme une locomotive qui a pris son élan et ne peut plus s'arrêter. J'entends sa voix dans ma tête, clairement :

– Non, Eva.

Une voix douce, pleine de tendresse.

Il percute Fabien. Je peux lire dans les yeux de celui-ci un effarement absolu. Il n'a pas prévu ce qui va suivre.

Camille l'entoure de ses bras. Il poursuit son chemin, droit devant, emportant avec lui ce qu'il reste de Fabien, des membres décomposés qui m'auraient provoqué jusqu'à la fin, la destruction totale.

Il se jette dans le vide, serrant l'autre contre lui.

Ils disparaissent.

Camille m'a empêchée d'achever Fabien. Les grêlons grossissent et leurs piqûres douloureuses me ramènent à la réalité.

28. À LA VIE, À LA MORT

Léandre me retient.

Ou bien c'est moi qui le soutiens.

Il a repris conscience au moment du sacrifice de son frère. Il a vu Camille se jeter dans le vide. Il a vieilli d'un coup. Son regard est hébété, ses lèvres crevassées et son corps semble ratatiné.

Parfois, il flanche. Mais il tient le coup.

Dans les passages trop étroits, il me précède. Quand nous devons escalader une partie plus délicate, un escalier de pierres inégales, sans aucune prise visible, il ôte sa cape de pluie et m'entoure la taille avec pour m'assurer. Il est capable de me parler pour me prévenir. « Fais attention. Regarde là. Ton pied ici. »

Je ne peux que me taire. Vidée. Abasourdie.

Je le retiens quand il manque basculer dans le précipice qui borde la crête. Un faux pas. Il aurait dévalé la pente, se serait fracassé les jambes sur les arêtes pointues.

Dans la descente, nous chutons à plusieurs reprises. Accrochés l'un à l'autre, nous parvenons à atteindre le col, en contrebas. Le terrain est plus plat, ce qui nous soulage. Le vent a faibli, le grésil qui tombe à présent dépose une couche blanche sur les roches, conférant au paysage une douceur inattendue. L'hiver en plein mois d'août. Le crépuscule s'impose, persistant et lourd alors que nous ne sommes qu'en début d'après-midi.

Nous ne parlons pas.

Ne pas évoquer le geste de Camille.

Ne pas revivre ce moment.

Les explications viendront plus tard, si jamais on y arrive.

Je me suis penchée dans le vide pour tenter d'apercevoir les corps de Camille et Fabien, mais je n'ai rien pu voir. Que le fatras des rocailles, l'anarchie des montagnes, les cascades qui pissaient leur eau comme des artères rompues vomissent le sang.

Une faille les a engloutis. L'abîme était vertigineux. Aucun espoir de le retrouver vivant. Camille s'est sacrifié.

Nous dépassons le glissement de terrain qui a emporté Samy. C'est comme si des siècles s'étaient écoulés sans que je m'en rende compte. J'ai vieilli de mille ans moi aussi.

Mon frère a semé des traces derrière lui. Son sac abandonné. Un bout de sa cape de pluie collé au sol par le flux constant de l'averse. Plus bas, la fausse neige du grésil a fondu, une gadoue la remplace, sale et dégoulinante.

La descente qui mène aux Clairettes est ardue, le sentier a fait place à un torrent furieux qui nous arrive bien au-dessus des chevilles. Nous pataugeons dans cette boue, heurtés par les branches, les fragments du mont Pourri qui dévalent le pic. Des éclats de cailloux, des silex taillés en pointe s'enfoncent dans nos chairs, comme des projectiles tirés par des poursuivants invisibles.

Il me tarde de rejoindre les garçons. Les imaginer à l'abri me réconforte.

Lorsque je distingue les deux silhouettes, sous un rocher qui forme comme une grotte, mon cœur bondit.

L'abri a permis à Anthony de protéger Samy des intempéries. Il l'a placé contre la paroi, adossé à la montagne, assis face à la vallée couverte de nuages. Je quitte le sentier pour remonter de quelques mètres jusqu'à eux, suivie par Léandre.

Anthony ne me voit pas. Il se tient aux côtés de son ami. Il lui serre la main.

La flaque dans laquelle baigne Samy est rouge, mêlée à la terre, aux graviers, une bouillasse épaisse et spongieuse.

Mon frère ne semble pas remarquer notre présence. Je lui passe la main sur l'épaule, il réagit à peine, comme au ralenti.

Un rouge sombre dans lequel se perdent des gouttes perlant du plafond. Un flic-floc régulier qui bat la mesure de cet instant.

Anthony a entouré la jambe du blessé avec son pull, s'en servant comme d'un garrot. Pas assez serré, le pull se gorge de sang.

Le visage pâle de Samy me paraît encore plus beau. Ses yeux ouverts ne reflètent rien, que la masse grise du ciel, le désarroi profond de ce temps d'horreur dans lequel nous sommes englués.

Le tonnerre gronde, loin. L'orage s'éloigne. Le grésil diminue, fait place à un crachin régulier, plus tranquille, moins chargé de colère.

Je m'accroupis près du corps de Samy, lui passe la main dans les cheveux, sur sa joue. Il est si froid.

– Je n'ai pas pu le porter plus loin.

La voix d'Anthony, un filet misérable.

– Je n'ai pas pu, j'ai essayé mais il n'avait plus de force alors j'ai pensé que les secours allaient monter jusqu'ici, que c'était un bon coin pour les attendre et il m'a dit, t'en fais pas.

Mon frère grelotte de misère et de froid. J'aurais aimé que ce soit un mauvais rêve.

Pouvoir me réveiller dans ma chambre.

– Puis il a respiré, un grand coup, comme s'il voulait remplir ses poumons entièrement, les faire exploser. Putain, t'es con, c'est pas comme ça qu'on survit, on s'économise, je lui ai balancé. Il a répété, t'en fais pas.

Sa voix se casse.

Léandre se penche sur Samy.

– Il respire.

Mon frère écarquille les yeux.

– Il est vivant ?

– Oui.

– Mais non, je l'ai vu. Il est mort. Ce n'est pas possible de survivre dans ces conditions.

Mon frère part dans un délire, il enchaîne des mots qui ne veulent rien dire. Léandre n'intervient pas, concentré sur Samy. Il remplace le pull par sa ceinture. Ces gestes sont précis. Je ne peux m'empêcher de les comparer, ces deux garçons. C'est ce que je fais depuis le début et je m'en veux de ma futilité. Et de mon indécision.

Samy cligne enfin des yeux. Il me voit. Un minuscule sourire apparaît, un embryon de joie.

Mon premier baiser, c'est lui qui me l'a donné. Un vrai baiser. Pas volé, pas arraché, pas sali. Juste désiré. Alors je choisis. Je me décide.

C'est lui. Depuis que j'ai l'âge de dix ans, c'est lui.

Des larmes coulent sur le visage de mon frère, sans qu'il s'en rende compte. Il ne les essuie même pas. Son tee-shirt ne le protège pas du froid. Il ne semble pas en avoir conscience et grelotte en claquant des dents.

Léandre se relève et indique à mon frère les bons gestes. Comment ils vont porter Samy, en croisant leurs bras. C'est trop d'informations pour Anthony. Il hésite un peu, maladroit, encore sous le choc, puis il obéit à ses ordres. Ensemble, ils soulèvent leur ami et s'éloignent sur la sente, tentant d'éviter l'eau furieuse qui dévale la pente.

Je demeure quelques secondes sous l'abri.

Je crois voir apparaître, sur le sol, les serpents noirs qui sinuent jusqu'à moi. Des ombres malsaines se tortillant maladroitement, des vers sortis de la terre, attirés par la mort, frustrés de ne pas s'y être abreuvés. Les reliquats de la présence de Fabien. Ou alors mes propres chimères agonisantes.

Je hurle. Pour les chasser. Qu'elles comprennent que je ne leur suis pas destinée. Des coulées liquides se forment, dévalent la pente jusqu'à disparaître.

Le rocher de Rosalie est pratiquement sous l'eau. Le ruisseau a tellement grossi que j'ai du mal à me repérer.

Heureusement, Léandre maîtrise le chemin du retour.

C'est avec soulagement que j'aperçois les deux maisons, du haut de la falaise.

Sauf qu'Anthony s'immobilise.

La visibilité s'est améliorée, les bans de brume se sont dissipés, les nuages ont gagné en altitude et même si le ciel garde un aspect menaçant, l'orage s'est éloigné.

– Regardez !

Je ne comprends pas immédiatement ce qu'il nous indique du menton.

Puis je vois la voiture de ma mère, toujours garée sur le terre-plein, sous la fontaine. Le pick-up aussi, près de la bergerie.

– Comment elles sont descendues au village pour prévenir la police ?

Sa question est pleine de bon sens. Nous n'avons croisé personne. Cela fait pourtant plus de quatre heures que nous sommes partis. Ma mère et Helena ont largement eu le temps de prévenir les secours au village.

– Qu'est-ce qu'on fait ?

Ma vision s'obscurcit. Le paysage s'efface.

C'est comme si j'étais transportée ailleurs, dans un antre plongé dans le noir. Aucune lueur. Une obscurité dense. Autour de moi, des parois mouvantes. Des présences silencieuses qui m'observent, à l'affût de mes mouvements. Je suis au centre de toutes leurs attentions. Essentielle.

Un cœur bat à tout rompre tout près de moi. Un cœur affolé. Un cœur perdu.

Le trou m'appelle. Je dois m'y rendre.

29. « VOILÀ, TU TE LA PÈTES ENCORE UNE FOIS... »

Léandre se précipite vers Helena, étendue en travers de la route, près de sa voiture. Nous l'avons aperçue à mi-chemin de la descente. Il a déposé Samy contre la roue le plus délicatement possible avant de s'élancer vers elle.

La clé se trouve sur le siège avant, la portière est ouverte. Elle n'a même pas eu le temps de démarrer le moteur.

Aucune trace de blessure apparente. Ses poings sont serrés, impossible de dénouer ses doigts. Son visage crispé exprime une horreur indicible. Elle est comme figée par un sort qui l'immobilise.

– Elle est vivante !

Soulagé par son constat, Léandre installe sa mère sur le siège avant de sa voiture, avec l'aide d'Anthony. Samy à l'arrière. Les corps inanimés ne sont pas beaux à voir.

– Qu'est-ce qu'on fait ? interroge mon frère.

La poitrine d'Helena se soulève à peine. Je me tourne vers son fils. Il a l'air perdu.

– Léandre, tu te rends à l'hôpital le plus vite possible, j'ordonne. Passé le pont, tu préviens qui tu veux, la police, les pompiers, le SAMU, l'armée…

– Et moi ?

Je me tourne vers Anthony.

– Accompagne Léandre. Ce sera plus sûr. Je peux gérer toute seule !

Il esquisse un pauvre sourire, mon frère.

– Voilà, tu te la pètes encore une fois…

Il ne me lâchera pas et j'ai envie de lui avouer que je l'aime. Comme les mots ne me viennent pas, je le pousse du coude. Notre geste.

Il acquiesce.

Il comprend.

Mon frère.

Léandre s'assoit derrière le volant sans rien ajouter, sans nous regarder. Il démarre très vite et s'éloigne. Son départ ressemble à une fuite, mais je sais ce qu'il ressent.

C'est comme s'il nous abandonnait.

– On fait quoi, Eva ?

– Tu restes ici.

– Dans tes rêves !

– Ils sont pas jolis, mes rêves…

– Tu crois qu'elle est belle, ta réalité ?

Je pourrais en rire mais le noir m'attrape encore une fois. L'impression de me trouver physiquement ailleurs, plongée dans une pénombre étrange, presque confortable. C'est la grotte qui m'attend, le trou qui me réclame. Son appel est impérieux, lui résister est impossible.

Je me dirige vers notre maison. La fontaine déborde d'une eau marronnasse et la terrasse est couverte de limon. Un tapis de limaces et de sangsues noires s'agite, se tord dans tous les sens.

La porte de la maison est grande ouverte.

Je fais un pas à l'intérieur et aperçois deux hommes près du cellier. Les deux vieux que j'ai croisés lors de la fête du village. Leurs cheveux blancs sont reconnaissables. L'un est plus grand que l'autre. Ils portent des vêtements sombres. Je remarque leurs bras nus, tatoués. Les motifs se perdent dans leur cou.

Ils se courbent pour me saluer.

Un geste de conte de fées, quand on s'adresse à la reine qu'on respecte. À la sorcière qu'on craint. À la déesse qu'on vénère.

Quand mon frère apparaît, un des hommes pointe sur lui un fusil de chasse. Je fais signe à Anthony de ne pas bouger.

– Qu'est-ce que vous foutez chez nous ? proteste-t-il. Vous n'avez pas le droit !

L'autre homme me désigne le cellier. Le chien du garçon est juste devant. Il grogne, nous dévoilant ses crocs, sa gueule pleine de bave, ses yeux rouges. Il émane de lui une haine tangible.

– Ils vous attendent, affirme l'homme.

– Où est ma mère ? hurle mon frère. Qu'est-ce que vous lui avez fait, bande de malades ? La police va arriver !

Sans que je puisse l'anticiper, le grand assène un coup sur la tête de mon frère, avec la crosse de son arme. Un geste froid et calculé. Antho se recroqueville au sol, les mains plaquées sur son crâne. Le chien aboie fort. Un son rauque de bête dressée pour attaquer.

Le cerbère du trou.

– Ils vous attendent, répète celui qui a frappé mon frère.

Je me décide à avancer. La clé de l'histoire se trouve en bas. Là où tout commence et tout se termine.

Une échelle en bois a été placée le long du puits, ce qui me facilite la descente. Elle est solidement fixée. Ce n'est pas la première fois qu'on l'utilise.

Au moment où je touche le sol, j'entends encore le chien éructer au-dessus. Il s'est écarté quand je me suis approchée de lui. La peur que je lui inspirais était évidente. Terrifier un tel molosse m'a procuré une joie indéfinissable.

Des flambeaux sont disposés à distance régulière et illuminent la voie pour accéder jusqu'à la grotte. Les parois sont gravées. La première fois que j'ai pénétré dans cette faille, je n'ai rien vu. Des hiéroglyphes étranges, une succession de formes, de traits, de courbes qui ne ressemblent à rien de connu. Les symboles qui reviennent le plus souvent sont ceux des serpents cornus, de différentes tailles. Je pose ma main sur un pan qui s'effrite à mon contact.

De la poussière rouge sur le bout de mes doigts.

Je marche et c'est comme si je flottais, et lorsque je débouche dans la cavité, je ne suis pas étonnée de voir ma mère couchée sur la dalle.

Nue.

Les cheveux épars. Les yeux fermés.

Belle comme jamais.

Elle respire péniblement. Son ventre un peu rond se soulève. Son pubis, un triangle plus foncé, se dessine dans l'obscurité. L'étroitesse de ses articulations me paraît encore plus prononcée. Elle a des jambes d'adolescente, des attaches de gamine.

Elle est si fragile.

Sur ses seins, les traces noires ont été dessinées. Les serpents cornus entrelacés.

Ils se mettent en mouvement. Obéissant à un ordre silencieux, ils s'étalent sur le corps de ma mère, grossissent, se multiplient, s'étendent jusqu'à prendre possession de ses cuisses, de ses bras. Seule sa tête émerge.

Son beau visage, ses lèvres pleines… Les bêtes s'enroulent, explorent sa chair. Je suis fascinée par la blancheur de sa peau qui contraste avec la noirceur de ce qui s'agite sur elle. Les choses avides qui la goûtent.

Et même si je veux me précipiter vers elle pour la sauver, quelque chose me retient. Je me dis qu'elle le mérite.

Parce que l'amour qu'elle me porte n'est pas le même que celui qu'elle offre à mon frère.

Parce que sa faiblesse, ses incertitudes et son envie de plaire à la terre entière la rendent dépendante et soumise.

Parce qu'elle n'est pas fiable.

Si je ne bouge pas, je pourrais la laisser crever là, offerte en sacrifice, à la merci du cinglé qui a mis au point cette scénographie absurde. Et je m'en veux de cette idée. Je passe ma vie à m'en vouloir.

À culpabiliser pour mes pensées.

Jamais nous ne trouverons la paix, elle et moi.

C'est peut-être la raison de ma présence ici. Je ne suis pas quelqu'un de bien. Je porte en moi la rancune, la jalousie et la laideur.

C'est à ce moment que je perçois les présences. Des hommes et des femmes sont disposés en cercle autour de l'autel, adossés aux parois de la grotte. Je distingue leur peau sombre couverte elle aussi de formes mouvantes. Ils murmurent des paroles incompréhensibles, une litanie presque hypnotique. Ils sont une dizaine peut-être. Je crois reconnaître des visages croisés sur la place de Vollière.

Et le gamin. Entouré par deux adultes. Leurs mains sont posées sur ses épaules, comme pour le soutenir. Ou le retenir.

Il est placé devant l'autel. Il lève le bras droit et, avec ses doigts, module les serpents qui ont envahi ma mère. Il a l'air fasciné par les circonvolutions qu'il crée.

Ma mère pousse un gémissement.

Le petit me regarde enfin. Ses yeux sont explosés, les pupilles dilatées. Il sourit. Un rictus abominable qui le défigure.

– C'est le moment. Tu vas choisir.

Ce n'est pas sa voix.

Pas celle d'un jeune garçon de dix ans mais d'un homme mûr. Fabien. Les mots de Fabien. Ses intonations.

Sa violence.

30. LE CHOIX

– Je vais la tuer.

Le gamin se tient bien droit.

– Tu vas devoir m'en empêcher.

Une larme coule le long de son visage.

– C'est moi ou ta mère. Tu vas devoir choisir qui tu sauves, Eva.

Les silhouettes des hommes et des femmes semblent se fondre dans les murs, absorbées, dissoutes dans la roche, mais je sais qu'ils sont encore présents, qu'ils ne perdent pas une miette de notre discussion.

Ma mère remue, ses yeux sont toujours clos. Elle tente de se dégager, mais ses mouvements sont entravés par les serpents.

Ils l'étouffent. Une des formes a entouré sa gorge et je vois se resserrer ses anneaux, lentement, autour de son cou. La souffrance de ma mère est une onde qui me percute.

– Cette soif qui jamais ne s'étanche, tu la connais, Eva. Seul le sang peut l'apaiser.

Ce ne sont pas des mots d'enfant, je me dis. Fabien est encore présent. Son ombre flotte parmi nous.

Le petit se saisit d'un couteau que lui donne un des hommes derrière lui. Il a des gestes maladroits, comme s'il résistait. Une marionnette manipulée qui tente de se rebeller et ne peut pas faire grand-chose. Je croise son regard. Par moments, il se remplit d'effroi comme si Erwan prenait conscience de ce qu'il est en train d'accomplir.

Le manche du couteau est en ivoire. La lame est légèrement recourbée.

Il le lève et la lumière de la table s'intensifie. Elle devient éblouissante, c'est presque insoutenable.

Le garçon place la pointe de l'arme au niveau de la poitrine de ma mère.

Je comprends soudain que le bruit que j'entends depuis toujours dans mes rêves et dans mes convulsions, ce sont les battements du cœur de ma mère.

Son cœur qui bat la chamade.

Quand je sombrais dans le noir, enfouie dans les méandres de ma conscience, c'est ma mère qui m'accompagnait. Dans la folie de mes tremblements, c'était celle qui me ramenait à la vie.

Qui me sauvait. Mon repère. Dans cette grotte, c'est son cœur que j'entends encore.

Et je sais que je la déteste. Et que je l'aime aussi. Malgré ses défauts. Avec ses défauts.

Je ne veux pas qu'elle meure.

Je condense ma puissance, je la forme dans mon poing. Ce n'est pas comme sur la montagne, frappée par la foudre, martelée par les grêlons. Là-haut, je ne savais pas comment faire. L'instinct me guidait. À présent, c'est ma volonté.

Je heurte le petit comme j'ai attaqué son père. De loin, sans le toucher.

De son nez, une traînée de sang s'écoule. Il maintient le couteau.

Je recommence. Le coup invisible ne le fait pas reculer. Ses os craquent quelque part dans son corps. Le rire de Fabien résonne dans toute la grotte.

– Ne fais pas le mal.

Cette voix que j'entends, ce souffle, je le reconnais mais ce n'est pas possible. Camille est mort. Il s'est jeté dans le vide pour me sauver de Fabien. Je dois en finir avec l'enfant.

Je percute le gamin de toutes mes forces. Les veines de ses bras gonflent sous la pression. Du sang s'écoule de ses yeux, de ses oreilles, de sa bouche.

– Tu vois, il articule, mon père avait raison.

Il a déplacé le couteau contre la gorge de ma mère.

Le tuer.

Viser cette main, la forcer à se retourner contre son cou à lui. Qu'il se tranche la carotide comme un agneau qu'on offre aux dieux. Son bras plie. Il lutte.

– Tu me fais mal…

La pointe contre sa peau, sa chair abîmée, le goût de sa peine.

– Eva…

Il m'appelle.

Elle est atroce, sa peine.

Des pierres flottent en apesanteur tout autour de nous, dévoilant une porte. En bois. La même que celle de la maison. Une copie à l'identique, les mêmes motifs sculptés. Elle est fermée.

Je suis la sorcière.

Erwan est l'offrande.

La puissance de cette révélation m'électrise.

Erwan me regarde. Ses larmes et son sang, toute sa peur et sa douleur me remplissent d'une joie hideuse. Je vais l'achever. Des larmes coulent de ses yeux.

– Tu as le choix, Eva.

Camille est derrière l'enfant. Je le distingue, ses traits, même flous, sont reconnaissables. Son sourire est une surprise. Un cadeau qu'il m'offre. La sérénité que j'ai connue dans le pré, avec les filles mortes, cette harmonie teintée de tristesse me revient. Elle est comme un baume sur ma colère. Je la sens s'écouler hors de mes veines. Il ne reste rien de ma furie, que l'envie de retrouver la terre, les herbes, les stridulations des insectes. Le regard rond de la lune posé sur moi.

Pas de revanche.

La paix.

Erwan s'écroule et les pierres chutent en même temps que lui. Les silhouettes des témoins s'agitent. Quelqu'un pousse un cri. Un autre s'avance de quelques pas. Il n'a pas le temps de s'approcher de moi. La porte se gonfle, se gondole. Quelque chose est fâché, de l'autre côté, et cherche à défoncer le bois. Les serpents noirs ont quitté ma mère et se tortillent sur le sol, dans ma direction, pour se jeter sur moi.

Je les repousse mais ils sont trop nombreux. Je tombe près du garçon. Ses yeux dans les miens. Une seconde. Le souffle me manque, le sien s'affaiblit.

Mon frère surgit à ce moment.

Il pointe le fusil de chasse qu'il a dû arracher à l'homme qui le gardait et tire. Les coups de feu résonnent dans la caverne. Je sens le sol se fendre.

Anthony vise les gens autour de nous et la porte. Il répète son geste. Le bois se tord et j'entends hurler. Un cri inhumain. Les hommes se précipitent vers la sortie, se bousculent. Des lâches qui fuient sans demander leur reste. Ils se marcheraient dessus sans vergogne. Bientôt, il ne reste que nous quatre. Les torches s'embrasent autour de nous, une poussière âcre flotte dans l'air. Je me précipite vers ma mère. Elle est incapable de se lever toute seule. Mon frère me rejoint. Il la prend dans ses bras. Je trouve Erwan, prostré, et le soulève. Nous nous engageons dans la galerie au moment où le plafond s'écroule sur l'autel, dans un fracas indescriptible.

L'échelle est encore là quand nous arrivons sous l'ouverture.

La tête du chien apparaît. Il grogne.

– Il ne nous laissera jamais monter.

– C'est lui qui m'a aidé. Sans lui, je n'aurais pas pu vous rejoindre, lance mon frère.

Ma mère et Erwan sont si faibles. Comment grimper ?

À ce moment, un souffle brûlant me passe sur la peau. Je me retourne.

Des flammes lèchent les parois du passage souterrain. Un feu qui ne se nourrit de rien. Un feu venu de l'enfer.

Le petit ouvre les yeux.

– Partez.

– On monte ensemble, Erwan.

Il me caresse la joue. Un geste de grand, d'amoureux, une tendresse d'adulte qui a vécu mille vies et s'accorde le droit d'aimer.

– Je n'ai pas peur, Eva.

La température est presque insupportable. J'ai du mal à respirer.

Mon frère s'est engagé, il est en équilibre précaire, ma mère contre lui. Je l'apostrophe :

– Ne te retourne pas !

Deux des barreaux prennent feu. Sur ses jambes, des cloques se forment. Il continue. Il va bientôt atteindre la sortie.

Le petit se redresse. Son corps frêle s'interpose entre la fournaise et moi. Je ne sens plus la chaleur.

L'enfant contient les jaillissements du brasier. Il fait barrage, il a ce pouvoir. Déjà, il se décompose, son corps part en lambeaux, mais il tient toujours debout.

– Je te sauve, il me murmure d'une voix affaiblie.

C'est un enfant, je me dis. Ce n'est pas à lui de se sacrifier.

– Je vais rester en bas pour que plus jamais ça ne recommence. Il faut que quelqu'un le fasse. Tu ne m'as pas tué, Eva. C'est le plus important.

– Oui, je réponds.

Je n'ai pas de larmes. J'agrippe l'échelle, me hisse. Mon frère m'encourage. Mes bras me font mal. Au moment où j'atteins le cellier, une langue de feu jaillit, me dépasse, frôlant mon dos. Les planches, les armoires, les caisses, tout s'embrase.

Nous attrapons ma mère par les épaules et les pieds pour l'emporter. L'air nous manque. La cuisine aussi brûle, des étincelles crépitent, des foyers naissent sur les poutres, entre les carreaux. Je vois les vitres refléter la fournaise et fondre, se dissoudre. Dans le cellier, le plafond s'écroule, entraînant les murs, le toit.

Anthony s'est engagé hors de la maison en traînant ma mère. Je reste une seconde sur le pas de la porte. Les sculptures ont disparu. Le bois ressemble à du métal en fusion. La maison se lamente.

Dans un embrasement dantesque, les murs se fissurent et plus rien n'existe.

Que les flammes.

Ma mère reprend conscience. Mon frère l'a éloignée autant que possible du désastre. Ses blessures aux jambes me paraissent graves mais il ne s'en rend pas compte, fasciné par le spectacle de la maison détruite. Le chien gémit. Il pleure la perte de son petit maître.

Erwan nous a sauvés.

31. SEPT MOIS APRÈS

À mes pieds, des pigeons débiles se disputent les miettes de mon sandwich.

Le soleil du mois de mars, timide, réchauffe ma nuque. Le bruit de l'avenue me parvient, le ronron fluctuant des moteurs qui accélèrent et ralentissent en fonction des feux de signalisation.

À cette heure, le petit parc est presque désert. Un vieux, posté sur le banc d'à côté, tente d'attirer à lui les oiseaux en leur lançant des morceaux de gâteaux. La fidélité des volatiles est relative. Très vite, ils me quittent, préférant les petits-beurre aux croûtes de pain. Je ne m'en formalise pas.

– C'est sympa, ici.

La voix de Léandre, derrière moi. Je ne me retourne pas.

– Bof !

– Y'a des arbres, au moins.

Il s'assoit près de moi. Je l'observe. Ses cheveux sont coupés court, presque rasés à blanc. À part cela, il n'a pas changé. Une ride s'est accentuée sur son front peut-être, entre ses sourcils. Une veine bleutée sur la tempe, un peu gonflée, palpite délicatement.

– Tu es arrivé quand ? je demande.

– Hier. Je repars ce soir.

– C'est rapide.

Il soupire.

– Ma mère a besoin de moi. Je ne peux pas partir trop longtemps. Elle s'inquiète. À la moindre contrariété, elle perd ses moyens. J'ai peur chaque fois de la retrouver assommée par ses médocs. Tu vois le genre ?

Le vieux quitte son banc. Il a épuisé sa réserve de biscuits. Les oiseaux se désintéressent de lui. Nous le suivons du regard quand il passe devant nous.

Je cherche désespérément quelque chose à dire.

Ce matin, Léandre m'a laissé un message sur mon téléphone pour me proposer cette rencontre et je me suis imaginé tout ce dont nous allions parler.

Mais là, je suis incapable de formuler la moindre phrase. Comme le silence s'éternise, je m'oblige à le rompre. Nos voix se mêlent :

– Comment tu vas ?

– Je voulais te voir.

Il se redresse. Je me racle la gorge pour me donner une contenance. Il sourit.

– Toi. Et ton frère aussi.

– Il n'est pas là. Parti en Espagne depuis le mois d'octobre. À Barcelone.

– Il parle espagnol ?

– Comme une vache.

– Il y joue de la musique ?

– Comme une vache, aussi.

Anthony nous a tous surpris avec cette décision.

Des écoles de musique, il y en a dans toute la France. Il s'est inscrit là-bas sans prévenir personne et a placé mes parents devant le fait accompli. Mon père a râlé, parce qu'il a des amis qui auraient pu le conseiller et que ce n'est pas, selon lui, la meilleure façon de débuter dans le métier. Mon frère a répliqué qu'il n'en voulait pas, de son aide. Ni de ses conseils. Pas dans l'immédiat, pas pour commencer.

Aucune diplomatie.

La nouvelle compagne de mon père, Laurence, a soutenu son projet. Je la soupçonne d'avoir voulu acheter ainsi l'affection d'Antho.

Ma mère n'a pas protesté. Elle l'a juste embrassé, le jour de son départ, comme si elle ne devait pas le revoir. Un adieu mélodramatique comme elle les aime. Moi, je pense que mon frère a choisi de s'éloigner le plus possible de nous.

De moi.

Même si on ne parlait pas du trou entre nous, je sais à quel point ça l'a bouleversé.

L'Espagne est un moyen pour lui de prendre un nouveau départ.

Il ne téléphone pas souvent.

Il me manque.

Moi aussi j'aurais aimé partir.

Me réveiller dans mon lit, dans ma chambre, avec mes livres et mes coussins, les mêmes qu'avant, me paraît étrange.

L'impression de ne pas être à ma place, un décor qui imite ma vie. Autour de moi rien n'a changé. Le lycée. Le bus 22. Les amis. Les cours de physique de M. Biot. Mais moi, je suis décalée. Au début, je ne comprenais pas pourquoi personne ne s'en rendait compte. C'était pourtant évident. Mais non.

Je me suis coupé les cheveux.

J'ai maigri.

J'ai renouvelé mes vêtements.

Toujours rien. On s'adresse à moi comme à l'ancienne Eva.

Du coup, je fais semblant. De m'intéresser au cours d'histoire. D'adorer une chanson. De suivre une discussion. Je suis comme coupée en deux. Une partie de moi, gelée, n'éprouve que de l'indifférence et toutes les paroles me paraissent futiles. Parfois, je me dis que c'est comme un choc, un syndrome post-traumatique et que je ne m'en remettrai jamais.

Parfois, la colère revient.

Je la sens en moi. Bouillonnante. Encore plus puissante. Je la muselle. Je l'enfouis en moi pour que jamais elle ne m'envahisse.

Alors oui, partir serait une solution.

– Tiens !

Léandre me tend un sac en papier recyclable, de ceux qu'on utilise dans les magasins.

– C'est un cadeau ?

– C'était dans les ruines. J'y suis retourné, l'autre jour. Y a des fous qui rachètent notre ferme. Des Néerlandais qui ne sont au courant de rien. Ils veulent transformer les lieux, en faire un gîte de luxe avec Jacuzzi et sauna.

– Chauffage gratuit directement connecté à l'enfer ?

Il esquisse un sourire.

– Ils n'ont pas l'air de s'inquiéter plus que ça. Pourtant, il y a de quoi. Les journaux en ont parlé un moment. Ça a été un grand scandale dans la vallée. Les journalistes l'ont appelée « la secte des servants du diable ». Beaucoup de gens du village sont impliqués dans l'affaire et Fabien en était le chef. Une sorte de gourou de père en fils. Il avait raison quand il affirmait militer pour le respect des traditions. Ces tarés pratiquaient des rituels. Les filles assassinées pendant la Seconde Guerre mondiale ont été sacrifiées mais ce n'étaient pas les premières. Il y aurait eu d'autres meurtres. Les enquêteurs cherchent encore des corps un peu partout dans la montagne.

Je hausse les épaules. Ils ne vont sans doute rien trouver.

– Et puis pour le feu, ils ont conclu qu'il a été provoqué par des secousses telluriques. Ça a tremblé jusqu'à Gap. On est sur une ligne de faille, ce n'est pas inhabituel dans la région.

– La police est nulle.

Il pose le sac sur mes genoux.

– Ce qui vous est arrivé, c'est dément. Ton frère m'a raconté. La grotte s'est écroulée et le petit vous a sauvés. Je n'essaie même pas d'imaginer. C'est comme s'il avait racheté ce que son père et son grand-père, les hommes de sa famille, avaient commis avant lui.

Je souris. Il m'arrive de douter de la réalité de ce que nous avons vécu.

Le silence entre nous quelques secondes. Léandre le rompt presque à regret :

– Je me dis que je n'aurais jamais dû vous laisser seuls, avec ton frère. Si j'étais resté, peut-être qu'on aurait sauvé Erwan. Peut-être qu'on aurait également gardé la maison intacte. Je m'en veux. Ça me ronge.

– Tu n'aurais rien changé, Léandre.

Il prend une longue inspiration.

– Je ne sais pas. Un flic m'a interrogé et finalement, je n'avais pas grand-chose à dire. J'ai juste vu mon frère se précipiter sur Fabien mais j'ai raconté le contraire. Que c'était Fabien qui avait entraîné mon frère du haut du mont Pourri. À cause de sa paranoïa. Parce qu'il croyait que Camille allait révéler qui avait pendu Simone.

– Tu as bien fait. La version officielle, c'est que Simone faisait partie de la secte, qu'elle avait participé aux meurtres rituels mais qu'elle souhaitait soulager sa conscience. Soixante-dix ans à garder le secret. Elle n'en pouvait plus. Fabien et ses amis ne voulaient pas de scandale. Ils l'ont donc tuée.

– C'est la vérité.

Je le dévisage. Il paraît douter.

– Oui, je réponds. C'est l'exacte vérité.

– Mais qu'est-ce qui s'est vraiment passé dans le trou, Eva ? Qu'est-ce qu'il y avait dans le trou ?

J'aimerais lui répondre : la rancœur, la jalousie, la colère. Le mal absolu. Mais à quoi cela servirait-il ? Nous n'en parlons jamais avec mon frère et ma mère. Elle ne se souvient de rien et lui se contente de fuir ma compagnie.

Les souvenirs se font moins précis quand on ne les met pas en mots.

Dans le trou, il y avait le diable ou la folie de Fabien. La mienne aussi.

Peut-être était-ce la même chose.

Le sachet qu'il m'a apporté est marron.

– Tu ne regardes pas ?

– J'essaie de deviner.

Il écarte les pans du sac. À l'intérieur, une croix en bois.

– Oh…

– J'en ai récupéré cinq en tout, en fouillant dans les cendres et les débris. Même pas eu besoin de trop fouiner. Elles dépassaient comme des fruits mûrs. Je n'ai eu qu'à les cueillir.

– Celles que Camille avait sculptées… Comment n'ont-elles pas brûlé ? Il ne restait rien !

Il hausse les épaules.

– Je me suis dit que tu aimerais peut-être en récupérer une. Une sorte de porte-bonheur.

Je suis tentée de lui répondre que non, ce n'est pas une bonne idée. Il aurait pu s'éviter la peine de parcourir tant de kilomètres pour me remettre ce cadeau.

– Merci, je réponds. C'est gentil.

Voilà, je suis devenue plus polie. Je m'énerve moins vite. J'essaie en tout cas. J'ai même réussi à m'excuser auprès d'Elisa. Je suis allée chez elle, j'ai sonné à sa porte. Elle ne s'attendait pas à me voir, n'a fait aucun commentaire quand j'ai déballé le discours que j'avais préparé à l'avance. Elle m'a dit : « D'accord, OK, c'est bon, on oublie. » Peut-être qu'elle a eu pitié de moi. À cause de la séparation de mes parents et de la destruction de la maison. Tout le monde savait que mon frère, ma mère et moi avions échappé de justesse à un tremblement de terre.

Une moto pétarade derrière la haie, ce qui me fait sursauter.

Léandre quitte le banc. Il hésite avant de parler :

– Tu veux rire ?

Je me lève à mon tour.

– Je ne demande que ça.

– Le chien d'Erwan est resté. Il nous colle. On a vendu le troupeau, on va vivre à Marseille. Ma mère dit qu'elle veut l'emmener avec nous. Un vrai chien d'appartement.

– Et le chat ?

– Quel chat ?

– Le chat de Simone.

– Il est mort un an avant que vous n'arriviez. C'était un vieux matou sauvage. Une sale bête qui n'aimait personne. Comment tu le connaissais ?

Je ne réponds pas. Mon téléphone vibre. J'y jette un coup d'œil. C'est Samy qui m'envoie un texto. Il doit se demander où je suis. En général, il me retrouve à l'appart. Depuis quelque temps, il dort même dans ma chambre sans que ma mère ne proteste. J'adore me blottir contre lui, le nez collé à son cou, ses bras autour de moi.

C'est le seul qui me comprenne sans que j'aie besoin de parler.

Léandre a vu qui était l'expéditeur du message.

– Vous deux…

– Oui, je l'interromps. On est toujours ensemble.

On n'a pas encore fait l'amour. On se dit qu'on a le temps. On se serre jusqu'à s'étouffer, j'ai le ventre traversé d'électricité. Il me fait rire avec son air de me trouver belle. Il me le répète à tout bout de champ : « tu es belle ». J'ai encore du mal à le croire mais ça m'apaise.

Léandre baisse la tête.

– C'est bien.

Je perçois du regret dans sa voix. C'est sans doute un film que je me fais.

Je sors de ma poche une feuille pliée en quatre.

– Tu devrais lire ça…

Il hausse les sourcils.

– J'ai fouillé dans les affaires de ma mère. J'ai trouvé la lettre que Simone lui avait envoyée. Tu peux la lire si tu veux.

– Je ne sais pas si j'ai envie de savoir.

– Je comprends.

Je garde la lettre.

Il fait mine de s'écarter, puis juste avant de s'éloigner, me lance :

– Je rêve parfois que j'y suis, tu sais. Sur le mont Pourri. La foudre, les éclairs, la pluie sont remplacés par le soleil. Un ciel bleu incroyable. Et mon frère est debout, près de la croix. Il me sourit. Son sourire est si doux. Il ne regrette rien, je le sais. Il m'aide à avancer.

Il s'éloigne. Une démarche de berger dans la ville, d'arpenteur des cimes.

Moi, je ne rêve jamais de la maison.

Mais de la lune, oui.

La pleine lune, ronde, rougeoyante. Une lune de sabbat.

Moi, pieds nus dans l'herbe, avec le ruisseau qui coule de la montagne, et les cinq mortes. Nous dansons jusqu'à l'écroulement, l'anéantissement, la fin des temps, dans une joie renouvelée.

LA LETTRE

À celle qui prendra ma suite.
Mon enfant,

Les filles sont venues me voir. Cette nuit. Elles m'ont tourné autour. Je les ai vues et entendues. Elles ont voulu danser, elles souffraient. Même si les remords m'ont assaillie, j'étais heureuse en leur compagnie. Je les ai suivies. Elles chantaient. Le silence était plein de leurs paroles mêlées. Du ciel tombaient des étoiles en cascades.

Avec l'ange à mes côtés, qui me donne la force de croire, le pardon est possible. La paix.

Que la vérité éclate.

Ce que j'ai accompli, je voudrais l'effacer, mais on ne revient pas sur le passé. J'ai peint en rouge les plafonds pour que le sang ne coule plus. C'est la seule façon de contenir les esprits. La seule manière de s'en protéger.

La suivante saura. C'est toi. La maison te revient. À une femme. Rien qu'à une femme. Pas aux hommes. Il le sait bien, mon frère, lui qui a fui.

Le mal ne t'effraie pas. Nous sommes de celles qu'on attache sur les bûchers, qu'on tourmente, qu'on torture, qu'on maudit, qu'on rejette, qu'on soupçonne de tous les péchés.

Nous sommes des femmes et ne l'oublie jamais.

Tu survivras.

Composition et mise en pages
Nord Compo à Villeneuve-d'Ascq

Cet ouvrage a été achevé d'imprimer en avril 2021
dans les ateliers de Normandie Roto Impression s.a.s.
61250 Lonrai
N° d'imprimeur : 2101542
N° d'éditeur : 10266509

Imprimé en France

MIXTE
Papier issu de sources responsables
FSC® C022030